河出文庫

ヒーロー！

白岩玄

河出書房新社

目次

ヒーロー！

ヒーロー！

上演中のため、薄暗くなっている劇場の客席は、年端《としは》もいかぬ子どもと付き添《つそ》いの親たちでいっぱいだった。私の隣の席には同級生の「新島英雄《にいじまひでお》」という男がいて、他の子どもたちと同じくヒーローショーに見入っている。私はやれやれとため息をついて光の溢《あふ》れるステージに視線を戻した。自分たちはもう高校二年生だというのに、未《いま》だに戦隊ヒーローに夢中になっているこの男のことが理解できない。

ステージ上では、大きな昆虫《こんちゅう》に似た見た目の悪役たちが、前フリとも言える悪だくみをしている最中だった。子どもの頃と違って、歳《とし》を重ねると悪役たちが健気《けなげ》に見えてくるのは気のせいだろうか？　いつも必ず戦いに勝利するヒーローよりも、何回負けてもあきらめない悪役の方が尊《とうと》く思える。

「ぐははは。これで地球は俺たちのものだ」

「そうはさせないぞ！」

「んん？　誰だ、俺たちの邪魔《じゃま》をするのは！」

特殊効果音とともにテーマソングがかかり、いよいよ主役の登場らしい。中央の少し高いところから現れた五人のカラフルなヒーローたちは、録音された名乗りに合わせて一人ずつ順番にポーズを決めた。戦隊ヒーローのコスチュームも、ずいぶん洗練されたものだ。スーツ全体に光沢感《こうたくかん》があり、表情が一切見えないマスクも高級車のボディみたいにピカピカしていた。

「とう！」

「やぁ！」

「うわぁ！」

高低差のある立体的なステージのあちこちで激しいバトルが展開される。ワイヤーを使って宙を舞ったり、攻撃を受けたときに高いところから無駄《むだ》に一回転して落下するなど、派手な演出の連続だった。腕組《うでぐ》みをして否定的な目で観《み》ていた私も思わず「ほぉ」と感心する。所詮《しょせん》子どもの観るものだとなめていたが、単純にエンターテインメントとしてよくできている。

　場面が進み、悪役の強力な武器でヒーローたちがピンチに陥《おちい》るくだりになった。なすすべもなく宙を舞って倒《たお》れ込《こ》んだヒーローたちが、ステージ上でのたうちながらうめいている。そこへ完成度の低いコスプレをした司会のお姉さんが現れて、ヒーローたちを応援しようと言い出した。初めて観たので事情がよくつかめなかったが、どうやらみんなで声援を送って、ヒーローたちを再び元気にするらしい。

「さぁ、みんな！　準備はいい？」

　司会のお姉さんがおおげさな音頭をとって「せーの」と客席にマイクを向ける。

「がんばれーっ！」と子どもたちが叫《さけ》ぶと同時に、隣からも大きな声がした。両手で口を囲う英雄に（マジか……）とどん引きしてしまう。前の席に座っている若いお母さんたちも振り返って苦笑していた。

「もっともっと！　元気が足りないぞ！　もう一回！　せーの！」

「がんばれーっ！！！！」

　子どもたちの声援に重なる、男子高校生の低い声。ファンの年齢は問わないのか、再び力がみなぎったヒーローたちは、瞬《また》く間《ま》に復活して敵の一味を一掃《いっそう》した。頭の上で盛大に拍手《はくしゅ》する英雄を横目に、やっぱり理解できないなと思う。この男の誘いに乗る気になった自分の浅はかさを深く後悔するほどだ。

隣のクラスの英雄から力を貸してくれと頼まれたのは一昨日《おとつい》の金曜日のことだった。二学期が始まったばかりで、まだまだ休みボケの状態だった私は、二組の教室から出てきた英雄に廊下《ろうか》で「佐古《さこ》ぉ」と呼び止められた。正直、私は困惑《こんわく》した。英雄とは中学が同じだが、これまでまともにしゃべったこともなければ、こんなふうに声をかけられる理由もなかったからだ。私がこの男について知っていることと言えば、飛び抜けて運動神経がいいことと、学校に友達がいないことだけだった（まぁそのことに関しては私も他人《ひと》のことは言えないが）。

英雄は私を学校の屋上に連れ出すと、飛び降り防止のフェンスの前に腰かけた。九月の日差しは顔をしかめるほどに強く、私は屋外に出されたことに不満を持ちつつも、どういったい何の用だろうと身構えていた。能天気で決して怖いタイプではないが、どういうカードを出してくるのかまったく読めない男ではある。まさか告白？　このひねくれ文化系女子の私に？　少女マンガ的な妄想《もうそう》が広がり出した私をよそに、英雄は「まぁ座ってくれ」と自分の隣のスペースをぽんと叩《たた》いた。

「あのさ、佐古はいじめの問題って興味《きょうみ》あるか？」

……どうやら告白ではなかったらしい。私はがっかりしたような、でも同時にホッとしたような気持ちになりながら「いや……」と言って腰を下ろした。うちの学校にもいじめはあるが、自分がいじめられているわけではないし、興味はない。

「俺さ、前からいじめをなくせないかってずっと考えてたんだけど、ついに解決する方法を思いついたんだよ」

英雄の目が子どもみたいにきらきらしている。私は少年ジャンプ的なプラスのエネルギーに気圧《けお》されつつも「はぁ」と言ってうなずいた。

「まぁ、まずは見てもらう方が早いよな」

英雄は脇に置いていた（そして私がさっきからちょっと気になっていた）無印良品の紙袋に手を突っ込んだ。出てきたのはお面だった。お祭りの屋台なんかで売られているプラスチック製のもので、表面になんとかレンジャー系の戦隊ヒーローの顔が描かれている。英雄はゴム紐《ひも》を引っ張ってそのお面を装着すると、立ち上がって何歩か離れ、私の方に向き直った。つるりとした真新しいお面の一部が太陽の光を反射する。両腕をすっと広げた英雄は、くるくると軽やかに手を回して片脚《かたあし》をひらりと上げてみせた。一目でバレエとわかる優雅な動きで、その後も美しいターンを決めたあと、脚を広げてぴょんとジャンプしてみせる。

私は呆気《あっけ》にとられてバレエを踊る戦隊ヒーローを見つめていた。長年習っていたのかと思うほどの見事な動きだ。

一通りの演技を終えると、お面を外《はず》した英雄が私のところにやってきた。額《ひたい》には汗《あせ》が浮かび、少し息が切れているが、顔は変わらずいきいきしている。

「これを教室でやったらどうなると思う?」と英雄は訊《き》いた。

言っている意味がよくわからない。

「だから、さっきのバレエみたいなことを教室でやったら、他の生徒はどんな反応をすると思う?」

私は訊かれるままに考えてみた。まぁ人目は引くと思うので、みんな見るのではないかと答える。

「そう。注目するだろ? そしたらそのあいだ、教室でいじめって起こると思うか?」

質問に飛躍《ひやく》があったため、すぐには理解できなかった。相変わらず目を輝かせている英雄に「どういうこと?」と私は尋《たず》ねた。

「つまりさ、いじめってのは、誰か特定の人に負の関心が集まるから起こるわけだよ。だったら教室の中で何か面白いことをして、みんなの関心を無理やりさらってしまえばいい。簡単に言えばさ、休み時間の教室に急にミッキーマウスが入ってきたら、みんなそれに気を取られて、いじめなんて絶対起こらないと思うんだ」

英雄の言っていることがなんとなく頭に入ってきた。いじめを防ぐ方法としてはかなり奇抜《きばつ》なアイデアというか、あまり聞いたことがないやり方ではある。でも理屈《りくつ》としては別に間違ってはいなかった。人は面白いものを目にすると、そこに興味が移ってしまって他のことがどうでもよくなる。それはおそらくすべての人に共通の、言うなれば人間の本能みたいなものだ。

「だから俺は思ったわけよ。それなら休み時間になるたびに、俺がこのお面をかぶってみんなの注目を集め続けたらどうなるかって。いじめを受けるような子に目がいかないわけだから、学校のいじめを防ぐことができるだろ？」

画期的《かっきてき》じゃない？　みたいな顔で大きく目を見開かれたが、なんだかすごくだまされている感じがする。なんにせよ相当な理想論というか、現実問題として一人の人間がずっと注目を集め続けるのはかなり難しいことに思えた。私が指摘すると、英雄はその欠点には気づいていたのか「それなんだよ」と私のことを指差した。

「たとえみんなの気を引いても、結局は一時的なものだ、何度も同じことをやれば、飽《あ》きられるのは目に見えてる。そこで佐古の力を借りたいんだよ。みんなが俺に注目し続けるようにしてくれないかな？　俺の見せ方を考えて、なるべくみんなの視線を俺に集中させるようにしてほしいんだ」

「はぁ?」

私は顔をしかめた。近年まれに見る露骨《ろこつ》な「はぁ?」だったと思う。

「なんで私がそんなこと考えなきゃいけないの?」

「そりゃおまえが適任だからだよ。佐古はうちの学校の演劇部で何してる?」

「何してるって……演出ですけど」

「だろ? じゃあ演出家の役割って何よ?」

「それはまぁ……演劇にひとつの方向性をつけて、観客の視線をうまく誘導していくことじゃないの?」

「ほら。俺の求めてるものにぴったりじゃん。それをやってほしいんだよ。だいたい俺が知ってる中で一番有能な演出家は間違いなくおまえだからな」

褒《ほ》められると悪い気はしなかったが、いったいどこでそんな評価を得たのかがわからなかった。たしかに私は演劇部で演出をつとめているけれど、別にそのことが学校中に知れ渡っているわけではないのだ。すると英雄は昔のことを持ち出した。

「中三のときにさ、俺ら一緒のクラスだったじゃん。そのときにおまえ、文化祭の演劇の演出やっただろ? 俺は大道具だったから、はたから見てただけだけど、あのときのおまえの演出に、俺すげぇ感心したんだよ。指示が的確っていうか、観客がどういうふうに見てるかをよくわかってる感じがした」

本人さえも忘れていたことを引っ張り出されて、ちょっと顔が赤くなる。演劇部だからという理由で勝手に抜擢《ばってき》されたのだが、たしかにあのときはキャラに似合わず、クラスの中心になって奮闘していた。演技経験のないクラスメイトたちに（内心ではいらいらしつつも）指示を出し、夏休みを返上して毎日練習に参加して、気持ち悪いくらい青春していた。でも任せられたときから「私ならできる」という自信があったし、自ら立候補できないプライドの高い人間だから、選ばれたことに少なからず喜びも感じていたのだ。

こちらの気持ちが少しだけ傾《かたむ》いたのを見抜いたみたいに、英雄は私の肩に手を置いてニカッと笑った。

「あそこまで観客の気持ちがわかるなら絶対できるよ。なぁ、一緒に学校の平和を守ろうぜ。おまえが考えて、俺が動く。それだけでいじめをなくせるんだぞ？」

ヒーローショーが終わったあと、二人でファミレスに入って昼食をとった。正直ショーを観る必要はまったくなかったように思うが、英雄の頭の中が垣間見《かいまみ》えた部分もある。学校のいじめを解決しないかと持ちかけられたとき、みんなの注目を集めるために英雄は「ショーをやりたい」と言っていた。私はそのときはまだサーカスとかそういうのをイメージしていたのだけど、どうやら英雄の頭にあったのはヒーローショーだったらしい。

「とりあえず一回観てくれよ。めちゃくちゃかっこいいからさ」

日曜日の昼間に急に電話で呼び出され、依頼された件について話すのかと思ったら、会うなりチケットを渡されて絶句した一時間前の自分を思い出す。英雄はあれを定期的に観ているそうだ。勧善懲悪《かんぜんちょうあく》の世界を好む、子どもっぽいメンタリティー。戦隊モノのお面をかぶっていたことや、いじめをなくす云々《うんぬん》は、ヒーローに憧《あこが》れるがゆえの発想だったんだなと今ではわかる。

「そういや演出のプランは考えてくれたの?」

切り分けたハンバーグを口に入れながら英雄が訊くので、そのどこまでも軽い調子にため息が出る。演出家としての能力を褒められたことで誘いに乗ってしまったとはいえ、一時は真面目《まじめ》に考えた自分がバカだったと思うくらい、すべてがどうでもよくなっていた。こんな子どもっぽい思想で動いている男だとわかっていたら、そもそも最初から断っていた。

「あのさ、申《もう》し訳《わけ》ないんだけど、私、ヒーローとかそういうの全然わかんないし、人を助けたい気持ちとかもまったくないのね？　っていうかショーをやって人目を引くとか言ってるけどさ、そもそもそんなので学校のいじめってなくならなくない？　どう考えても無理だと思うんだけど」

「そうか？　さっきのヒーローショー、みんな夢中だっただろ？　基本的に高校生なんか子どもと変わんないと思うけどな。面白い娯楽《ごらく》があればみんなそこに飛びつくんじゃないの？」

「いや、それはそうかもしれないけどさ、いじめをなくすのは無理でしょう？　そんな子どもだましみたいなやり方で、ここ十何年もずっと社会問題になってることを解決できるわけないじゃない」

「え、でもさ。こないだ受けてくれたときはそんな反論しなかったじゃん」

私は「うっ……」と言葉に詰まった。乗せられてしまった自分を二発くらいビンタしたくなる。

「いや、あれはさ、依頼を受けたっていうか、あんたの勢いに押し切られたんだよ。誰も受けるなんてまだ正式に言っていないし、それにそもそも私が共感したのはいじめがどうとかってことじゃないの。観る人の視線をうまく誘導することなら、たしかに演出の役割ではあるから、多少興味を持っただけ」

「それでいいじゃん。毎日教室の中でショーをやって、みんなの気を引き続ける。それをずっとやり続ければ、いじめは自然となくなるんだよ」

「そうかな？　そんな簡単じゃないと思うけど」

こいつのこの楽観的な思考はいったいどこから来るんだろう。私は今日何度目かになる深いため息をついてエビときのこのドリアを口に運んだ。っていうか私はなんで夏に熱々のドリアを食べているんだ。ちっともおいしくないじゃないか。

「でも一応プランは考えてきてくれたんだろ？　だったらちょっと聞かせてくれよ。せっかく考えたのにもったいないじゃん」

私は（この野郎……）と対面に座る男をにらみつけたが、まぁ減《へ》るもんじゃないかと思い、メモアプリを開いた自分のスマホを英雄に渡した。頼まれていた演出プランをそこに打ち込んでおいたのだ。どうせもう断るのだから、日の目を見ないアイデアなどくれてやる。

「……バレエ、マラソン、リフティング、なわとび、けん玉、フラフープ？」

読み上げた英雄が怪訝《けげん》そうな顔をする。私は一向に減らないドリアを食べるのをあきらめて、紙ナプキンで口を拭《ぬぐ》いながらリストの意味を説明した。

「学校の休み時間に人目を引いていじめを防ぐって話だったでしょ？　バレエはバレ

エで悪くないけど、バリエーションを作って変化を持たせなきゃ長続きしない。毎回違うことをすれば食いつきもいいだろうしね」

　大衆というのはとにかく飽きやすいものなのだ。だからたとえば最初の休み時間はバレエを踊って、二限目のあとはマラソン、三限目のあとはリフティングというふうにしていけば、マンネリを回避《かいひ》することができるし、次は何だろうと興味も湧《わ》く。

「あとショーをやる場所も、教室じゃなくてグラウンドがいいと思う」

「なんで？」

「単純に集客の問題だよ。学校のいじめを防ぐなら、一回のアクションでなるべく多くの生徒の目を引ける方がいいじゃない。うちの学校のグラウンドは校舎に囲まれてるからね。あそこでやれば、全校生徒が教室の窓からショーを観ることができる。教室よりもはるかに効率がいいステージってわけよ」

　英雄は私の演出プランに感心したのか「やっぱすげぇな、おまえ」とひと際《きわ》大きな声を上げていた。「っていうか絶対これいけるだろ、もう完璧《かんぺき》じゃん」と一人で盛り上がっている。英雄は「なぁ、佐古やろうぜ～！」と前のめりになって子どもみたいに体を弾《はず》ませた。真冬の吹雪《ふぶ》いている夜に家のドアを何度も叩かれ、遊びに行こうぜと誘われているような気分だ。

「あれ？　このリストの一番下にある『仮装用のマスク』ってのは何？」

「あぁ……それはあれだよ、あんたこないだバレエ踊ったとき、変なヒーローのお面つけてたでしょ？　人の興味を引くことを考えるなら、あれよりもっと見た目が面白くなるものじゃないとダメ。なんていうのかな……たとえばさ、単にお面をかぶった男の人と、ひとつの完成されたキャラクターがいたとしたら、みんなどっちに興味を持つと思う？　大事なのは『非現実的な存在』を作ることなんだよ。ミッキーマウスみたいにさ、そういう生き物が実在してるんじゃないかと思わせるのが重要なの。お面はあまりにもかぶってる人間の地が出すぎてる。だから仮装用のマスクにして、少しでもキャラクターの完成度を上げるの」

「ふーん……なんか難しいな。もうちょいわかりやすく説明してくれない？」

「ならこう言えば納得《なっとく》してもらえますかねぇ？　戦隊ヒーローを見て喜ぶのはせいぜい小学校の低学年まで。普通の高校生には子どもっぽすぎて相手にされないの。ウケがよくないと意味がないでしょ？」

英雄は未だに納得していないのか、腕組みをして考え込んでいた。じゃあ具体的にどういうマスクがいいのかと訊いてくる。

「だからそれを今日見に行こうかと思ってたんだよ。まぁもう今となってはどうでもいいけど」

「なんで？　行こうよ。このあと行こう。別に予定ないんだろ？」

自分でも本当に不思議なのだけど、英雄に裏表のない態度で求められると、断る力が半分以下になってしまう。結局私は不本意ながらもドン・キホーテに足を運んだ。

これでもかというくらい商品が詰め込まれた店内を二人で歩き、ようやく見つけたパーティーグッズ売り場の前で立ち止まる。そこには私が思っていたよりはるかに多くの仮装用のマスクが並んでいた。ぶにぶにと柔らかいラバー製で、馬づらのものや芸能人の顔のものなど様々な種類が揃《そろ》っている。

「ふーん、こんなにいろいろあるんだな」

実際に商品を目の前にしたせいか、そんなに考えるつもりはなくても、ひとつひとつの商品を頭の中で自然と審査にかけていた。でも私の思い描いていたイメージにぴたりとハマるものはなかなかない。見た目のクオリティーと面白さ、そして何より、そういうキャラクターが実際にいると思えるかどうかだ。

ふと脇に視線を移すと、ディスプレイの一端《いったん》に大仏の顔のマスクが飾られていた。あごのラインがふくよかな大仏様の顔をきちんと再現したもので、視界を確保するために目のところに細く切れ目が入っている。私はそれを取り上げて英雄に渡した。

「かぶってみて」

「ええっ、これ？　ってかなんで大仏？」

ヒーローに憧れている身としては不本意だったんだろう。渋々マスクをかぶった英雄は、不満げな顔を消されて無表情な大仏様に変身した。

「ちょっとこないだのバレエ踊ってみてよ」

「は？　ここでかよ？」

「試しにやってみるだけだよ。嫌だったら別にいいけど」

無表情なりに困惑しているらしい大仏様が、周囲を見回してスペースを確保する。ゆったりとした動きで踊り始めた英雄は、前回と同じ白鳥の湖的なバレエを披露《ひろう》した。思った通り、大仏特有の仏頂面《ぶっちょうづら》と軽やかな動きが相反していて面白い。これに学校の制服をプラスすれば、匿名性《とくめいせい》が加わって完成度の高いキャラクターになるだろう。

それにしても、あらためて見る英雄の踊りはやはりなかなかのものだった。「ねぇ、あんたバレエ習ってたの？」と私が訊くと、英雄が片脚を上げて静止したまま「ちっちゃい頃にな」と返事をする。でも、これはただ技術が身に付いているとかではなく、体の動かし方に対するセンスの問題だという感じがした。演劇の世界でもあるのだけれど、世の中には同じように体を動かしても妙《みょう》に目を引く人間とそうでない人間がいるのだ。そう思うと、学校の休み時間に継続して人目を引くのもあながち不可能ではない気がしてくる。

再び気持ちが揺れ始めた私の側《そば》で、英雄のパフォーマンスを見たギャル風の女の子二人が、ショーの成功を予感させるかのように声を上げて笑っていた。

「なんかこれはこれでアリかもな」

鏡の前に立った英雄が自分の姿を検分している。「大仏マンだな」と自らを名付けた英雄は満足げにうなずくと、びしりとヒーローポーズを決めた。その姿を脇で見ながら、やってみるか……と心の中で小さくつぶやく。英雄と目的は違うけど、自分の演出の手腕を試せるいい機会になるかもしれない。


黒板の上で時を刻む時計を、頬杖《ほおづえ》をついてにらみ続ける。表面上はいつものけだるげな感じを装《よそお》ってはいるけれど、いざ当日になってみると、そわそわして落ち着かないものだった。初めてのショーの開演まであと二十分。隣のクラスにいる英雄は、バッグの中に大仏のマスクをこっそり忍ばせてきたはずだ。

いつもと変わらない教室では、私たちの計画を知らない生徒たちが退屈そうに授業を受けている。他にやることもないので、今現在実際にいじめを受けている生徒たちのことを考えてみた。私が知っているだけでも、うちの学年には三人のいじめられっ子がいる。中でも私の斜め前に座っている男子は誰もが認めるいじめられっ子で、なよなよした粘着質《ねんちゃくしつ》なところがあるため、みんなから「なめくじ」と呼ばれている。気の毒だけど、正直気持ち悪いので、自業自得《じごうじとく》だとも思う。ある程度自分を客観視して、集団の中に溶け込むことの出来ない奴《やつ》は奇異の目で見られて当然だ。変わっているなら変わっているなりに、それをうまく認めさせて市民権を得ない限り、この密室空間で平穏無事《へいおんぶじ》に生きていくすべはない。

もちろんその手のわかりやすい例だけでなく、ネットの中での陰口や、日常的にいじられて嫌な思いをしている子たちを含めれば、うちの学校だけでもいじめの数は相当なものになるだろう。でもそれは仕方のないことなのだ。今みたいに社会全体が明確な方向性を持っていない時代には、誰かにベクトルを向けて暇《ひま》つぶしをすることでしか日常を消化していけない。私が英雄の提案した「いじめの撲滅《ぼくめつ》」に否定的なのもそのためだった。この世からいじめはなくならない。だいたい大人の世界にあるものが、同じ人間の子どもの世界からなくなるわけがないだろう。

一限目の終了を知らせるチャイムが鳴り、締《し》めつけられていたものがほどかれたように教室の中がうるさくなった。何人かの生徒が売店やトイレに行くために、友達同士で連れ立って廊下に出ていく。私は鼓動《こどう》が速くなっているのを感じながら椅子《いす》を引いて席を立ち、夏空が見える窓の前まで移動した。エアコンがきいているから授業中は窓を閉め切っているが、休み時間は換気のために開ける決まりになっている。ロックを外してスライドさせると、生ぬるい外気と教室の冷えきった空気が溶け合った。私の隣でも、体が冷えているらしい女子の一人が窓を開けて大きく息を吐いている。

グラウンドには体育の授業の後片付けをしている生徒たちの姿があった。重ねたハードルをかついだ一年生と思われる男子生徒らが、体育館の脇の倉庫にそれをしまいに行っている。想定外の出来事にちょっと焦《あせ》りを感じたが、ステージとなるグラウンドの真ん中はうまくスペースが空《あ》いていた。大丈夫だ。もう少し待てば問題なくやれるだろう。

取り出したスマホにちょうどラインが送られてくる。英雄はすでに準備を済ませているようだった。戦隊ヒーローの画像を使ったトップ画から『いつでも出動可』と吹き出しが伸びている。私は頃合いを見計らって出動命令を出した。身を乗り出して下を覗《のぞ》くと、校舎の入り口から青銅色《せいどうしょく》のマスクをかぶった男が飛び出していく。その滑稽《こっけい》な後ろ姿に、思わず笑いを噛《か》み殺《ころ》した。グラウンドの中央、所定の位置についた大仏マンが、腕を前で交差させて準備に入る。

始まった無音のバレエは、三階の教室から遠目に観ていることもあってシュールさが増していた。半袖《はんそで》シャツにグレーのズボンを穿《は》いた制服姿の大仏が、まるでかわいい人形のように上手《じょうず》にバレエを踊っている。私は噴き出しそうになるのをこらえて振り返り、近くにいた男子生徒に「なんか変なのがいるんだけど」と言って窓の外を指差した。何の疑いもなくグラウンドを覗き込んだ男子が「えっ、何あれ」と笑いながら騒ぎ出す。

教室にいる高校生なんて、油の染《し》みた紙みたいなものだ。一人に火を点《つ》けてしまえば燃え広がるのはすぐだった。ほとんどの生徒が窓際にどっと押し寄せて、教室中がちょっとした騒ぎになる。私は顔のにやつきを隠すようにして群衆の脇に避難《ひなん》した。嫌われ者の「なめくじ」も、今は悪目立ちすることなくショーの観客としてクラスの一員になっている。これで英雄も満足だろう。あいつが望んだ、いじめのない世界の完成だ。

あくまで冷静を装いつつも、体の中を駆《か》けめぐる興奮《こうふん》を抑《おさ》えることができなかった。この全身を満たす万能感《ばんのうかん》。頭の中で描いた通りの絵ができあがったことに私は大いに満足した。ここまでの快感を得られたのは正直初めてかもしれない。

「ふーん、いじめをなくすためのショーねぇ」

一部始終を聞いた小峰玲花《こみねれいか》が興味のなさそうな顔で言う。私は話を共有できたことによる高揚感《こうようかん》に包まれたまま、再びステージに目をやった。陽《ひ》の射《さ》さないこの演劇部の部室からも英雄のショーはよく見える。英雄は私の言いつけ通り、昼休みのグラウンドでサッカーのリフティングをやっていた。マスクによる視界の悪さをものともせずに華麗な足技を見せている。

「っていうかさ、高校生にもなってヒーローに憧れるってどうなの？」

二つの机を向かい合わせにしている席へと戻り、お弁当を食べるのを再開した。

「そこは私もよくわかんない」と同意する。

「まぁ弱い立場の人を守りたいとかそういうのじゃないの？　だいたいいじめをなくすことにはこっちは全然興味ないしね」

北校舎にある演劇部の部室にいるのは私と玲花だけだった。顧問《こもん》の先生がかなりいい加減《かげん》な性格で、部室の鍵《かぎ》を私たちに管理させているため、ここに来て二人で昼食をとるのがいつからか日常になっている。もとは普通の教室だったこの部室は、スペースを確保するために机を全部うしろに下げているので広々としていた。他のどんな場所で食べるよりも家にいるみたいで落ち着くし、あまり掃除をしておらず、劇中で使った小道具が無造作《むぞうさ》に積まれているところなんかも、自分たちの根城感《ねじろかん》があって居心地がいい。

「でもさ、やっぱり実際に成果を見せられると人間って弱いもんだね。見てよ、これ。全校生徒が釘付《くぎづ》けだよ」

私はスマホを取り出すと、四限目の授業中に英雄から送られてきた写真を玲花に見せた。『満員御礼《まんいんおんれい》』と言葉が添えられたその写真には、グラウンドから見たうちの学校の校舎が写っている。おそらくショーが終わった直後に撮《と》ったものだろう。各階の教室の窓という窓が、観客となった生徒たちの顔で埋《う》まっていた。三年生の教室がある二階席から一年生の四階席まですべて大入りの満席状態。最初にこれを見たときは、上演終了後のカーテンコールを舞台側から目にしたようで、しばらく見入ってしまったほどだ。

「でもなんで鈴《すず》に頼んできたの？」

玲花がスマホを返しながら私に尋ねる。

「何が？」

「演出だよ。新島くんと別に仲いいわけじゃないんでしょ？」

「あぁ、それはね……」

私は中三の文化祭でやった演劇のことを玲花に話した。当時同じクラスだった英雄が私の演出を見て感心したこと。

「観る側の人間のことをよく考えてるって言われたの。まぁあいつってかなり変わった奴だけど、そういうところはちゃんとわかってるんだなって思ったなぁ」

「ふーん」

玲花がなんだか面白くなさそうな顔をしている。ひょっとしてヤキモチを焼いているんじゃないかと焦りを覚えた。調子にのってひけらかしてしまったのを後悔する。私たちは演劇部の演出家と脚本家としてずっとコンビを組んできたのだ。なのに相手が何の相談もなく浮気して、しかもそのことを楽しそうに話してきたら、心中穏《おだ》やかでなくなる可能性はある。

「あ、でもさ、協力するのは今回だけだよ。最初からその約束だったし」

口から出たでまかせでどうにかフォローしてみたものの、のれんに腕押し、どうやら効果は薄そうだ。私はさらに言葉を継いで、英雄とのショーがあくまでも遊びであることを強調した。こういうときはゆっくり押し流していくように話題を変える方がいい。

その日の放課後、廊下で英雄に呼び止められた。ちょっと話せるかと訊かれたのを「部活があるから」と断ったのに、英雄は「五分で済むよ」とゆずらなかった。大仏マンの正体が早くも広まっていたせいで、英雄は周《まわ》りの生徒たちから自然と注目を集めていた。私は二人でしゃべっているところを周りに見られたくなくて屋上へと移動した。

「教師の呼び出しのことなんだよ」

日かげに座った私と違って、英雄は相変わらず陽の当たるところに立っていた。この男は暑さを感じていないんだろうか？　そういえばショーのあとも毎回汗だくになっていたが（あんな密封性の高いマスクをかぶっているのだから当然だ）、むしろ汗は友達だろと言わんばかりに不快な顔などしていなかった。

「ホームルームのあとに担任に呼び出されてさ、学校に関係のないものを持ってくるなってマスクを没収されたんだ。まぁそれに関してはまた買えばいいんだけど、一度、目をつけられると今後ショーがやりにくくなるだろ？　今日の五限目のあとの休み時間なんか、途中で沢田先生が止めに来て中断するハメになったからな」

沢田先生というのは生活指導をつとめている四十過ぎの体育教師だ。私も現場を見ていたから事情はよく知っていた。大仏マンになった英雄がグラウンドでなわとびを使って連続二重跳《にじゅうと》びをしていたら、沢田先生が走ってきて英雄を連行していったのだ。

「だから呼び出されなくなる方法を考えてほしいんだけど、なんかあるかな？」

そう言われても、考える気が起こらなかった。玲花のことが気になって英雄に協力したい気持ちがほとんど消えてしまっている。でも、かといって辞退の意向を伝えようとすると、喉《のど》の奥につっかえがあってうまく言葉が出てこなかった。呼び出しをくらうことを考えていなかった演出家としての引け目もあるが、何より私を完全なパートナーだと思っているらしい英雄をあっさり切り捨てるのは気が引ける。

「やっぱり難しいか？」

「そうだねぇ……」

私は適当な相づちを打つと、「マスクをかぶるのをやめればいいんじゃない？」と思いついたことを口にした。要は学校に関係のないものを持ち込むのがダメなのだから、そこを守りさえすれば、別にグラウンドで変なことをしていても注意されることはないはずだ。でも英雄は首を振った。

「それじゃあ俺のやる気が削《そ》がれる。特撮ヒーローは『変身』にこそ価値があるんだ。藤岡弘が仮面ライダーにならないまま戦ってたら、藤岡弘の闘争記になっちゃうだろ？」

まったく意味のわからない理屈だったが、正直私も演出家としてマスクをやめるのがいいとは思わなかった。生身の人間とキャラクターでは人目を引く力に大きな差がある。そういう面では英雄の言うこともあながち間違ってはいなかった。仮面ライダーだって普通の男の人が戦っていたら、あそこまでの人気は出なかっただろう。

「やっぱり正面突破《とっぱ》しかねぇのかな……」

英雄に腹案《ふくあん》があるらしいので、「正面突破？」と聞き返した。

「いじめを防ぐためにやってるんだってことを先生に正直に話すんだよ。向こうだっていじめは起こらないでほしいって思ってるわけだしさ、こっちがそれに真剣に取り組んでるのがわかれば、俺たちのやってることを認めてくれるかもしれないだろ？」

私はやれやれとため息をついた。君は学校というものがわかっていない。我が校は生徒の自主性を大事にしています、などと優しげな微笑《ほほえ》みを浮かべながら、結局はガチガチに管理するのが大人の考える教育なのだ。こっちが正直に話したところで、「気持ちはすごく立派だけど……」と共感したふうなことを言って取り合わないし、ひどければ「学校の風紀を乱さない形でやるのはどうだろう？」などと、命あるものを人形にしてマリオネット化するおぞましい提案をされるだけだ。

「でもまともな頭を持ってる先生だったら、一考の価値があるアイデアだって思ってくれるんじゃないの？　俺、いけると思うんだけどなぁ」

そんなわけねぇだろ、と私は言おうとしたが、待てよ、と思いとどまった。このまま英雄が先生に直訴《じきそ》して断られれば、やっぱりショーを続けるのは難しいね、ということになる。そうなったらわざわざ自分からやめたいと言わなくても、ショーそのものができなくなるだろう。勝利の道筋が見えた私は、それまでのしかめっ面を即座に引っ込め、諸手をあげて賛成した。

「ごめん、私が間違ってた。それすごくいいアイデアだと思う。そうだよね、心を開いて正直に話せばきっと気持ちは伝わるよね。絶対やるべきだよ、なんで思いつかなかったんだろ。ホント悔《くや》しい」

芝居がかった言い方をしたのだが、英雄は「だろ？」と嬉《うれ》しそうな顔をしている。ちなみにその話を誰に持ちかけるのかと私が訊くと、英雄はふふんと笑ってみせた。こういうのはトップダウンがいいんだよ、と知ったような口をきく。

「校長先生に直訴してくる」

自爆決定の男に心の中で敬礼する。まぁせいぜいがんばってくれ。

翌日、英雄はさっそく校長先生に掛け合ってきたようだった。部室で玲花と表向きは穏やかなランチタイムを過ごしているときにラインが入り、それによると「少し考えさせてほしい」と校長先生から返事をもらったらしい。私はそのメッセージを見て「んん?」と眉根《まゆね》を寄せた。いくらいじめを防ぐためとはいえ、あっさりはねつけられてもおかしくない申し出なのだ。なのに少し考えてみるとはどういうことだ?

「どうかしたの?」

玲花に訊かれて、私は「ううん」と笑ってみせた。焦りを気づかれないよう卵焼きに箸《はし》を伸ばす。うちの学校の校長は、よくいる形だけのボンクラと違ってたしかに頭の良さそうな人ではあるけれど、まさかこちらの要求が通るなんてことがあるんだろうか?

英雄から再びラインがあったのは、その日の部活の休憩中《きゅうけいちゅう》のことだった。今度は『校長先生が俺たちと話したいって言ってんだけど、部活終わってから時間あるか?』と訊いている。私はどうしてその呼び出しに自分が含まれているのかがわからなかった。

『なんで私も?』

『だって全部正直に話せって言ったじゃん』

私は思わず頭を抱えた。自分が協力していることは黙ってろと言っておくのを忘れていた。

こんこん、とノックをしてから「失礼します」と声をかけて校長室の引き戸を開ける。応接セットのソファに校長先生の姿があり、その向かいで英雄が私に振り返っていた。

「おぅ」と手を挙《あ》げていた。私は（おぅ、じゃねぇよ）と心の中でにらんでから校長先生に頭を下げた。初めて入ったなじみのない部屋の中を、目だけを動かしてきょろきょろ見回す。学校内では数少ない大人のための部屋であるせいか、校長室には一種独特な雰囲気《ふんいき》が漂っていた。過去の部活動で獲得したトロフィーや、使っているのを見たことがない大きな校旗。壁には歴代の校長の写真が並び、がっしりとした高そうな木の机には、座るだけで偉《えら》くなれそうな黒い革張《かわば》りの椅子がついている。ソファに座るよう促《うなが》されたので、私は軽く頭を垂《た》れて英雄の隣に腰を下ろした。

「君が佐古さんか」

灰色の髪を七三分けにしている校長先生は物静かな五十過ぎのおじさんで、いつもかっちりとした背広を着て趣味の悪くないネクタイを締めている。これまでは廊下で見かけたり、式典などで遠目から見たりするだけだったので、こんなふうに面と向かって話すのは初めてだった。

「新島くんからだいたいの話は聞いた。私から二つ質問があるんだ。もし良ければ答えてくれないかな」

心臓が乾いた音を立てている。きちんとした大人が目の前にいる恐さにも似た緊張《きんちょう》があった。いったい何を訊かれるのかと不安になる。

「まずひとつめだけど、君たちは今やっていることで本当にいじめを防げると思うか？　これは私が防げないと考えているわけではなくて、純粋に君たちがどう思っているかを知りたいんだが」

沈黙が降りると同時に、どっちが答えるのかという感じで英雄と顔を見合わせる。まるで物怖《ものお》じしていない様子の英雄は、すぐに前を見て「俺は防げると思います」と明言した。「佐古は？」とパスを出されたため、私も一応考えてみる。

今のやり方では、学校外のいじめは正直防ぎようがないだろう。でも学内のいじめに関しては、それなりに効果があるのではないかと感じている。実際、英雄が生徒たちの目を引けば、いじめられている子たちは観客として他の生徒たちに溶け込むことができるのだ。私は自分の気持ちがどうこうよりも、単に事実を伝える意味合いで「ある程度は防げると思います」と控《ひか》えめに言った。

「わかった。じゃあもうひとつ。君たちがいじめをなくそうと思った理由は何かな？

なぜいじめをなくそうと考えたのか、それを教えてもらいたいんだ」

校長先生が先に私を見てきたので、少し迷ってから正直に打ち明けた。私は英雄のアイデアに乗っただけで、理由らしい理由はない。あるとすれば自分の力を試したかったからだが、そんなことは恥ずかしくて言えなかった。

「では新島くんは？」

「俺は……」

言ったきり英雄が口ごもる。おまえはヒーローに憧れてるだけだろ、と横目で見て突っ込んだ。お互い大した理由もなくやっているのが今さらながら恥ずかしくなる。

「……幼なじみがいるんです、幼稚園のときからずっと一緒に遊んでた。そいつは小二のときにいじめられて、学校に行けなくなりました。心の病気になって、だいぶ回復してますけど、未だにフリースクールに通ってる状態です。俺にはそいつを守れなかったっていう負《お》い目《め》がある。だからいじめをなくしたい。それだけです」

私は唖然《あぜん》として英雄の顔を見つめていた。なんだそのドラマみたいな理由はと思ったが、どうやら本当のことらしい。少しうつむいた英雄の表情に、普段《ふだん》とは違う暗いものがうかがえた。部屋の空気が重くなる。

「……そうか。よくわかった。つらい思い出を話させてしまって悪かったね」

謝《あやま》る校長先生に、英雄は「いえ」と首を振った。沈黙が続き、窓の外でテニス部が声出しをしながらボールを打っているのが聞こえる。私は初めて英雄としゃべったときのことを思い出した。明るい顔でいじめをなくさないかと持ちかけてきた背景にはそんな事情があったのか。

「最初に校長先生にお話ししたときには言いませんでしたけど、俺が今のやり方でいじめをなくそうとしてるのは、その幼なじみに言われたことが影響してるんです。俺がいじめをなくしたいと言ったとき、そいつはなるべく直接手を下さない方法でやってほしいと言いました。大人たちがするように、いじめの問題に直接手を下せば、人間関係にゆがみが生じて何かしらの遺恨《いこん》が残ってしまう。いじめている奴を叩けばそれで済むという問題ではないんです。下手《へた》をすれば余計に悪化して手がつけられなくなるだけだ。だから俺はみんなの注目を集めるやり方で、言わば間接的にいじめをなくそうと思ったんです」

英雄は勢いよく席を立った。急だったのでこっちの体がびくっとなる。

「俺一人ではできないですけど、佐古と一緒なら絶対に学校のいじめをなくせます。なので俺たちがしていることをこのまま続けさせてもらえないでしょうか。お願いします」

そう言って深々と頭を下げる。あっという間に場をさらってしまった隣の男に、私は言葉を失っていた。それから少し恥ずかしくなる。事情を知らなかったとはいえ、私はこの男のことをずいぶん見くびっていたらしい。こちらが思っていた以上に英雄は固い決意で今回のことに取り組んでいた。

テニス部はまだ声出しを続けている。「頭を上げてくれないかな」と校長先生は言った。体の力を抜くようにして息を吐き、何度か小さくうなずいている。

「わかった。君たちのやっていることを容認する方向で考えよう」

私は校長先生の決定に度肝《どぎも》を抜かれた。

「ただもちろん私の一存ですべてを決められるわけじゃない。だからこの件を一度、職員会議にかけさせてもらえないか？　そうすれば私が責任を持って他の先生がたを説得しよう」

後日、私は演劇部の顧問である三上《みかみ》先生から呼び出された。開口一番、「おまえ、なんかめんどくさいこと始めたろ」と目を細めてにらまれる。最初は何のことかわからなかったが「大仏のやつだよ」と言われて理解した。三上先生はその件に対して明らかに好感を持っていなかった。

「校長先生が必死になって他の先生を説得してたぞ。大人に何やらせてんだよ」

三十二歳のバツイチ男で、何かと口が悪いこの先生のことが私は嫌いではないのだけれど、そんなふうに言われるとなんだか責任を感じてしまう。三上先生の話では、事の次第を説明されても難色を示した先生が多かったそうだ。なのに校長先生が私たちのショーを続けさせてやってほしいと頭を下げて頼んだらしい。

「何かあったら自分が責任を取るとか言い出してさ、まぁ最終的にはしばらく様子を見ようってことで落ち着いたけど、ホントどうすんだよ、こんなことして。だいたいおまえ、いじめをなくしたいなんて思うタイプじゃないだろ？」

私は頭を鈍器で殴《なぐ》られたような衝撃を受けた。何かあったら校長先生が責任を取るなんて、そんな話は聞いていない。

「え、っていうか様子を見るってどういうことですか？　学校側は黙認するってことですか？」

「そうなるんじゃねぇの。知らねぇぞ、問題になっても」

三上先生の話した通り、私と英雄はその日の放課後に校長室に呼ばれ、暫定的《ざんていてき》にではあるけれど、他の先生たちの了承を得たことを告げられた。校長先生は頭を下げて頼んだことや、自分のクビをかけていることは一切口にしなかった。そこまで徹底して伏せられると逆にこちらも訊きづらい。

「基本的には君たちが思うようにやってくれたらいい。ただひとつだけ条件があるんだ。私が見ていて、これはあまりにも目に余ると判断したら、そのときは話し合いに応じてほしい。それさえ守ってもらえれば、私は君たちを全面的に応援するよ」

台本を片手に稽古《けいこ》をしている演者たちの声が右から左に抜けていく。まるで外国語を聞いているみたいで、こめかみをぐりぐりとマッサージしていると、大きく二度手を叩く音がした。

「よし、じゃあ一回休憩しよっか」

演劇部の部長をつとめる高田先輩《せんぱい》が十人ほどの部員たちに声をかける。男子が二人で女子が八人、しかも全員が一年生の演者たちは、それまで演じていた役を離れて思い思いに休み始めた。水分補給をする子や、友達同士でおしゃべりをする子、台本に何か書き込んでいる真面目な子もいる。でもそんな普段通りの稽古が行われている中で、私だけがいつもの自分を取り戻せていなかった。頭が重い。ちっとも演出に集中できない。

「体調悪いの？」

脚本家として私の隣に座っている玲花に声をかけられ、悩みの種がもうひとつ追加された気持ちになった。英雄とのペアをまだ解消していないなんてとても言えない。

「そういえばさ、例のショー、復活したよね」

一番訊かれたくないことをずばりと訊いてくる。演出からはもう手を引いたのかと質問されたので、私は「あー……」と言葉を濁《にご》した。

「ひょっとしてまだやってるの？」

険《けん》のある言い方にびびったが、とりあえず自分は巻き込まれているのだということを前面に押し出すことにした。実際それは本当だし、すべてが私のせいでもないのだ。

「はぁ？　どういうこと？　学校側があのショーをやってもいいって認めたの？」

「そう。あのヒーローバカが校長先生に直訴してさ、いじめをなくすために続けることになったのよ」

「でも鈴がそれに付き合う必要なんかないじゃない」

「それがそうもいかないんだよね。何かあったら校長先生が責任取るとか言っててさ。そうなると私だけ放り出すわけにもいかないでしょう？」

我ながらうまく他人のせいにできたと思ったのだが、玲花の眉間《みけん》にはまだ深いしわが残ったままだ。でもまぁとにかくこちらが望んでやっているわけではないのは理解してもらえただろう。私だって降りられるものなら降りたいのだ。演出を考えるのは楽しいけれど、自分の望まない場所で責任のあるポジションにはつきたくない。

部室の端で休んでいた高田先輩が「そろそろやる？」と訊いてきたので、軽く手を挙げてそれに応じた。女子とは思えない低い声が響き、一年生の子たちがまた部室の真ん中に集まってくる。再開された稽古を見ているうちに、はっと名案を思いついた。

「ねぇ、玲花も私たちのショーに裏方として参加しない？」

体を寄せて、小声でそっと打診《だしん》する。

「私一人じゃ荷が重いしさ、玲花が脚本書いてくれたら、今までとは比べ物にならないショーができると思うんだよね。それなら私もやる気が出るし」

なんていいアイデアなんだろう。これでみんな幸せになるし、ノーベル平和賞並《なみ》の名案じゃないか……と思ったのだが、私の親友は机の一点を見つめたまま動かなかった。混乱をともなった焦りの中で、何かまずいことを言ったかと自分の発言を振り返る。すると玲花は形だけの笑みを浮かべて「私はいいよ」と遠慮した。

「だって新島くんは鈴と二人でやってるんだもん。そこに突然部外者が入ってきたら困惑するでしょ？」

「いや、そんなの全然大丈夫だよ。私が玲花が必要なんだって言ったら絶対納得してくれる。っていうか無理でも説得するし」

　焦って早口になった私に玲花は笑った。「いいよいいよ」と首を振る。

「私はこうして部活でコンビ組んでるし、そっちは新島くんと二人でやるのがいいと思う。でも何か困ったことがあったらいつでも言って。私で良ければ相談にのるからさ」

　妙に優しい物言いが気になったが、すっかり機嫌《きげん》が良くなったのでよくわからなくなる。でもどう考えてもさっきのやり取りで玲花が納得するわけがない。事情がうまくつかめないまま気持ちの悪い週末を過ごしたあと、月曜日の一限目が終わったところで、予想もしなかったことが起こった。

「何あれ」

「新作？」

　教室の窓際《まどぎわ》で私たちのショーの開演を待っていた生徒たちが、なぜかこちらの意図とは違うざわつき方をしているのだ。たしか今日の一発目は巨大なシャボン玉を作ることに挑戦しているはずだ。私は小首をかしげて席を立ち、窓からグラウンドを覗き込んで「えっ」と思わず声を出した。英雄がショーを行っているはずのステージに別の人間が立っている。大仏と同じラバー素材の、馬づらのマスクをかぶった男子生徒が二人、ボクシングの赤と青のグローブをつけて、互いにパンチを打ち合っていた。

「大仏の次は馬かよ」

「あれも新島くんがやってんの？」

しばらく事態が呑《の》み込《こ》めず、狐《きつね》につままれたような気分だったが、まず思ったのは、他の生徒が私たちのショーを真似《まね》してふざけているんじゃないかということだった。でも男たちの後方にはそれぞれ丸椅子が置いてあり、適当なところで一ラウンドが終了すると、そこに戻ってトレーナーの指示を聞いたり、頭から水をかぶるフリをしたりしている。素人《しろうと》のおふざけにしてはディテールが妙に凝《こ》っていて、再び中央に出てきて始めたボクシングの戦い方も、それなりにステップを踏んだり、クリンチを織《お》り交《ま》ぜたりして本物らしく見せていた。

新たなパフォーマーの出現に、窓際の生徒たちは当然興味を示している。私は観客の一人としてグラウンドを見下ろしながら激しく動揺し、混乱していた。いったい何が起こっているのかわからない。

『どうなってるの？』

急いで英雄にラインを送ると、二秒もしないうちに既読がついた。

『俺より先に出てったんだよ』

英雄もステージを横取りされたことを不服に思っているらしい。自分も今から割り込んでショーをやってもいいかと訊いてくるので、ひとまずそれを引き止めた。ようやく気づいた自分もバカだが、黒幕として浮かんできたのは私の唯一の友達だった。

こんなことができるのは玲花しかいない。

私はうしろにいた男子生徒を押《お》し退《の》けて隣の教室へと走った。開いている引き戸の敷居《しきい》に立つと、二組の生徒たちも半分ほどが窓際に群がっている。その人だかりの手前の席に、頬杖をついて座っている玲花の姿があった。口もとにはこの騒ぎを楽しむ放火犯のような笑みが浮かんでいて、呆然《ぼうぜん》と立ち尽くす私に気づくと、玲花はすっと笑みを引っ込め、ゆっくりと椅子から立ち上がった。つんとすました顔で教室から出ていこうとする。

「ちょっと待ってよ」

廊下で呼び止め、振り返った玲花の顔からは先週までの親しさが消えていた。まるで氷の壁を相手にしているようで、剣呑《けんのん》な雰囲気に気づいた男子二人が、興味津々《きょうみしんしん》な目で私たちを見てささやき合いながら歩いていく。

「今やってるやつ、考えたの玲花でしょ?」

「そうだよ」

玲花は悪びれもせずに言って笑った。あっさり認めたことに拍子抜《ひょうしぬ》けしたけれど、その笑みの不敵さに余裕《よゆう》を感じて気持ちがイラ立つ。

「こないだ一緒にやろうって言ったじゃん」

「だから何？　っていうかあのショーは私が勝手にやってるだけだし」

すぐには意味を呑み込めなかった。

「勝手にやってる？」

「そう。私がいじめをなくしたいと思って、自分の意志でやってるの。そのことに何か問題ある？」

こちらが何も言えなくなったのを見て取ると、玲花は勝ち誇ったようにふっと短く鼻を鳴らした。うつむいて自分の足の先を見つめている。「お互い一日おきにやって勝負しようよ」と玲花は言った。

「どういうこと？」

「どっちがみんなを惹《ひ》き付《つ》けられるか勝負するの。私、絶対負けないから」

玲花は背を向けて廊下を歩いていった。距離が空いていくにつれ、今まで経験したことのない怒りが大きく膨《ふく》れ上がっていく。

「ひどいと思わない⁉　あんなの完全なパクリじゃん！」

次の休み時間に、私は英雄を屋上に呼び出して当たり散らした。自分の友達が首謀《しゅぼう》者《しゃ》であるのを伝え、新手のパフォーマー二人に関しても、わかったことを報告した。あの馬づらのマスクの男たちは演劇部の一年生の子たちだった。学校内でも「中の人探し」が行われていたが、私と同じで友達の少ない玲花の言うことを聞く男子なんてそうそういない。きっとあの子たちに違いないとにらんで本人たちにラインで確認したら、頼まれて引き受けたことを自供したのだ。

「だいたいやり方が汚《きたな》いでしょ。いじめをなくすためにやってるとか絶対嘘《うそ》だし。どうせ仲間はずれにされたのが悔しくて仕返ししてるんだよ」

「その前に一つ聞きたいんだけどさ」

話をさえぎられたので、私は「なに」とぶっきらぼうな返事をした。

「佐古が言ってるその友達って、俺と同じクラスの子？」

「そう。小峰玲花ってのがいるでしょう？」

英雄は「あー、あの子か……」と遠い目をしてうなずいている。おまけに玲花が今後一日おきにショーをやって私たちと対決する気でいるのを知ると、英雄は意外そうな顔をして、「それなら別にいいんじゃねぇの」と言い出した。

「なんでよ？」

「だってショーをやる人間が俺らの他にも増えたってことだろ？」

「そうだけど、やってることは私たちのパクリなんだよ？　悔しくないの？」

「そりゃ悔しい気持ちもあるけどさ、俺らの目的はあくまでもいじめを防ぐことなんだから、ショーをやってくれる人間が増えるのはいいことじゃん。日替わりでやるなら、観る側にとっても変化があって楽しいだろうし」

私は反論できなくなった。たしかにそうかもしれないが、それじゃあ私の怒りがおさまらない。


読経《どきょう》を聴いているかのような退屈な授業が続く中、ノートに意味のない落書きをしていると、机の上に隠して置いていたスマホに英雄からのラインが届いた。『気になる情報をキャッチした』という文面を見てロックを解除しようとするなり、『同じ学年に転校生が来るらしい』と続けてメッセージが送られてくる。何やらクラスでそのニュースが話題になっていて、とある生徒の母親が転校生の父親から直接聞いた話らしく、近日中に学校に来て生徒の一員になるそうだ。私はたいして興味も持てずに『そうなんだ』と打ち込んだ。ちょっと素っ気ないかと思い、『性別は？』とお愛想程度に会話をつなげる。

『女。しかもめちゃくちゃかわいいんだって』

それを知って少し食指《しょくし》が動いた。その手の噂《うわさ》はたいてい眉唾《まゆつば》モノだけど、どうせ来るならかわいい子がいい。ただ英雄はその子の容姿がいいことが逆に引っかかっているようだった。見た目のいい子が転校生として入ってくると、他の生徒から好奇の目で見られるのではないかと言う。

『中二のときにハーフの女の子が転校してきたことあったじゃん。あのときもみんなから注目されて、最終的にハブられたりしてただろ？』

埋もれていた記憶が掘り起こされる。たしかにそんなことがあった。結局親の仕事の都合でその子はいなくなってしまったが、男子からは性欲の対象にされ、女子からはいわれのないやっかみを受けて孤立していた。控えめで親切な子だったにもかかわらずだ。

『今回の子もそうならないかって心配なんだよ。事前に策《さく》を講じられるなら、考えてもいいかと思って』

いじめを防ぐという意味では理解できるが、さすがにそれは過保護すぎだ。転校初日にみんなに見られて動物園のパンダになるのは私からすれば当然のことだった。だいたい世の中には注目されるのが嬉しい女もいるのだから、そういうのを無視して守りたいなどと思うのは、よくある男のエゴでしかない。

『わかった。ちょっと考えてみる』

私はそう返事を打った。話を打ち切りたいときの返信はたいていこれだ。

温かい湯船に浸《つ》かっていると、ここのところ溜《た》まっていた日々の疲れが溶け出していく。私は小さく息を吐いて、水面から突き出ている二つの貧相な膝《ひざ》に目を留めた。あいだにある空白をぼんやり眺めているうちに、玲花のことが頭に浮かぶ。どうして玲花が私との勝負にそんなにこだわるのかがわからなかった。英雄とペアを組んだことに嫉妬《しっと》したんだろうけど、その程度のことで彼女があそこまでの敵意を向けるとは思えない。となると、自分も学校という大きなハコで力を試してみたかったのか？いや、たとえそうでも、感情の動き方が激しすぎる。

私は顧問の三上先生に言われたことを思い出した。今日の部活の稽古中、私が普段と違う様子なのに気づいた三上先生は、部室の外に連れ出して何かあったのかと訊いた。私は話す気はなかったのだけど、だったら塞《ふさ》ぎ込《こ》むなと言われて、悔しくなって事情を話した。すると三上先生は、自分から訊いたにもかかわらず、「おまえらのケンカのことなんか知らねぇよ」と即刻さじを投げたのだ。

「俺が言いたいのはな、部活のことを考えろってことだ。おまえら二人がしっかりしないでどうすんだよ。文化祭のステージまでもう二ヶ月もないんだぞ?」

もうちょい親身になって話を聞けよ、と不満だったが、たしかにもっともな意見ではある。一年生はみんな熱心に稽古をしているし、唯一の三年生である高田先輩にとっては文化祭が最後のステージなのだ。

「もともとうちは部員が高田一人だけの同好会だったことはおまえもよく知ってるだろ。あいつは誰よりもがんばってきたんだから、おまえらはさっさと仲直りして、有終の美を飾らせてやれ」

高田先輩のがんばりは私も認めざるを得ないところだった。今年の春、新入生歓迎会で、演劇部は一人芝居を上演した。当時はまだ高田先輩の他に私と玲花しか部員がいなかったため、玲花と二人で高田先輩を主役にした寸劇を企画して、部員を増やすことを目指したのだ。面白いものを上演すれば、入部希望者は必ず出てくる。私と玲花がそれぞれ演出と脚本を担当し、三人で猛稽古をして上演したのはこういう内容の劇だった。

高田先輩は部員が自分一人しかいない廃部《はいぶ》寸前の演劇部の部長。そこへ演劇のことなんかまるで興味がない男性教師が新しい顧問としてやってくる。高田先輩は部の存続のために新入生歓迎会で部員勧誘のための演説をしたいと申し出るのだが、顧問の男はまったくもってやる気がないため、ふざけた指示を出して高田先輩をおもちゃにするのだ。

「よし。じゃあな、高田。まずはサンバの衣装を着るんだ」

「え、サンバですか？」

「そうだ。あのリオのカーニバルで着るような、とびきり華《はな》やかなやつな。やっぱり人目を引くためには派手な衣装がいいだろ？　あれ以上に派手なのはない。時代はサンバだよ」

「はぁ」

「それからあれだ。見た目の面白さも必要だ。とりあえず油性マジックでまぶたの上に別の目を描くやつをやろう。ほら、レディー・ガガがやってたやつ。あれ地味だけどすげー笑えるんだよ。なぁ、ちょっと描いてみてもいいか、今」

「いいですけど……」

　顧問の男はみんなに響く演説を作ることを名目《めいもく》に、そういうめちゃくちゃな指示を出しまくる。でもとにかく真面目な性格の高田先輩は、すべてを真《ま》に受け、大好きな演劇部を存続させるために必死で応《こた》えようとするのだ。

「いいぞぉ、高田！　っていうかおまえその衣装どこで借りてきたんだよ？　すごいじゃないか、これ。なんかもうクジャクの最終形態って感じだな。いや、でもマジでこれなら目立つよ。何よりみんなの話題になる。新入生どころか二年生も入ってくるさ。ん、高田、ちょっとこれ羽根が何枚か落ちてるぞ？　ちゃんと落ちないようにつけとけよ？」

「あぁ、はい、すいません」

　そして物語の終盤、新入生歓迎会の本番当日、高田先輩は一人で舞台の上に立ち、スポットライトを浴びながら客席に向かって訴えかける。

「私には特別な才能もないし！　不器用で演技もうまくないけど！　演劇をしたいっていう気持ちだけは誰にも負けません！　だからどうか、私に演劇を続けさせてください！　このままじゃ、うちの部は廃部になってしまうんです！　だからお願いします！　私に演劇を続けさせてください！」

　華やかなサンバの衣装を着て、マンガみたいに大きな偽物の目で客席を見渡していた高田先輩の名演を、私は今でもはっきりと覚えている。テープに吹き込んだ顧問の男の声（私の声だ）に合わせて演技をした高田先輩は、十五分の寸劇をたった一人でやりきったのだ。最初は彼女のまぬけな姿に笑っていた観客も、最後の演説のシーンでは、ひたむきな高田先輩の情熱に胸を打たれて、真剣な面持ちで見入っていた。寸劇は好評で、新入生に強烈な印象を残したらしく、演劇部には全部で十二人もの一年生が入部した（その後二人は辞《や》めたけど）。

あのときのことを思うと、今でも満足感とともに誇らしい気持ちが湧いてくる。あれは私と玲花が初めて二人でタッグを組んで上演までこぎつけた、言わばデビュー作だったのだ。そこでの成功は私たちの大きな自信になったし、演劇部の中核を任《まか》される理由にもなった。まぁもちろん劇の内容が高田先輩を多少傷つけるものになってしまったという反省はあったが、本人は了承して演じてくれたし、一年生が十二人も入ったときは涙を流して礼を言っていたから、その辺は問題ないだろう。

居心地の悪い罪悪感から目を背《そむ》け、湯船の中で姿勢を直すと、代わりに頭に浮かんできたのは「どちらが面白いショーをできるか勝負しよう」と言ってきた玲花の顔だった。廊下で言《い》い争《あらそ》ったときのことが思い出されてふつふつと怒りがよみがえってくる。思えば前からどうかと思うところはあった。プライドが高く、自分が評価されないとすぐに機嫌が悪くなる。しかもそれを根に持つタイプ。今まではポジティブな面がネガティブな面をカバーしていただけにすぎない。

私は湯船から出ると汗を流すためにシャワーを浴びた。とにかく演劇のことで玲花に負けるわけにはいかない。向こうがその気で来るのなら、こっちも応戦するまでだ。

「では今日は百十五ページから始めましょう」

日本史を教える女教師がチョークで白く汚れた指の先を払《はら》ってから教科書を開ける。公演の初日を再び迎えたかのような緊張感は相変わらず続いていた。準備は万端《ばんたん》だし、そこの面で不安はないが、いつもよりも神経が高ぶっている。今日が初登校になる噂の転校生は、もうすでに学校に着いているとのことだった。先生たちが相談した結果、英雄や玲花と同じ二組に入ることになった話もラインですっかり広まっている。

昨日の夕方、英雄に家の近くの公園まで来てもらい、転校生を迎え撃つための策を話した。私にとっては転校生なんて大きな意味を持っていないが、そのために新しいことをやると言えば、英雄もやる気が出るだろう。私はスプリングのついたうさぎの乗り物にまたがりながら、とあるアイドルグループのミュージックビデオを英雄に見せた。

「そのダンスを完コピして踊ってほしいの」

公園にはまだ蚊《か》がいるらしく、私は食われてしまったところに爪《つめ》で十字のあとをつけた。スマホの画面を覗き込んでいた英雄は、難解なクイズを出されたみたいな顔をしている。納得させるには説明が必要だった。

「基本的にはこれまでと同じやり方でいいと思うの。面白いことをしてみんなの気を引く。こっちが視線を集めてしまえば、たとえめちゃくちゃかわいい転校生が来たとしても興味は分散するからね。だからやることは変わらない。学校の中で目立つだけ」

「でもなんでこの曲なの？」

「そりゃもちろんみんなが知ってる曲がいいからだよ。体育祭とかでダンスするときも、だいたい有名な曲でやるでしょう？　多少受け手に媚《こ》びてるくらいの方が好意的に受けとってもらえるものなの。一般性があるっていうのは『わかりやすい』ってことなんだから」

「なるほど」

「ただね、こういう目立つショーを続けてると、好意的に観てくれる人がいる一方で『なんだあれ』って不快に感じる人もいると思うの。で、そうなると少なくない量の悪意があんたに向けられることになるんだけど……そこは大丈夫？」

英雄はスマホから顔を上げて笑った。

「そんなの気にする奴に見えるか？　っていうか逆にさ、俺に悪意が集中すれば、他の人がいじめられる可能性が減るからいいんじゃねぇの？　佐古はそれが狙《ねら》いなんだろ？」

なんだ。そこまでわかっているのか。私は「その通りです」と頭を垂れて、ぐいんぐいんと前後に乗り物をスイングさせた。

「ま、あんたが気にしないならそれでいいけど。それより今から覚えて明日やれる？　それが心配だったんだよ。さすがに厳しいかな？」

「いや、大丈夫だよ。俺、体の動きを写し取ることに関しては自信あるんだ」

　ホントかよ、と疑いの目を向けたのだけど、その発言が嘘ではなかったのが、その日一番驚いたことだった。私が動画サイトから探してきた、素人がダンスの振り付けをコピーした動画を参考に、英雄はわずか二時間で一曲分の振り付けをあらかた覚えてしまったのだ。

「スポーツでもまずはうまい人のやり方を見て、体がどういうふうに動いてるかを研究するからな。体の動かし方がわかれば、模倣《もほう》するのはそんなに難しいことじゃない」

　英雄は私に踊っているところをスマホのビデオで撮《と》ってほしいと言ってきた。それを観て細かい部分をさらにブラッシュアップするそうだ。日が暮れて水銀灯が明るく灯った園内で、私は汗だくになって踊る英雄を撮影しながら感心していた。やっぱりこの男は他の人間とは違う。もともとの才能も大きいんだろうが、何よりも集中力の高さと、信じたものを疑わない強さが常人の三倍くらいある。

無意識に手の中で回していたシャーペンがノートの上にぽとりと落ちる。急に隣の教室からわぁっと声が湧いた。待望のゲストが迎え入れられているんだろう、うちの学校は朝のホームルームがないため、一限目の授業の最初が転校生のお披露目《ひろめ》の場となる。私たちのクラスでもざわつきが起こったのを教師が注意していたが、そんな中でふたつ前の席の男子生徒たちが何かもにょもにょと話し合っているのに気がついた。二人とも教壇《きょうだん》に立つ教師にバレないようにスマホを隠し持っていて、その画面をとんとんと指差すジェスチャーをしている。

私は、なるほど、とすぐに自分のスマホを取り出した。ラインを開き、クラスをまたいだ三十人ほどの生徒が参加しているグループをタップする。思った通りそこには二組の生徒たちが送信した転校生の情報が流れていた。『やばいのきた』『まじかわいい』『天使すぎる』『佐々木希』すさまじい量の書き込みが雪崩《なだれ》のように打ち込まれている。その異常なまでの反響にさすがにちょっと動揺した。なんだこの盛り上がりは。いくらかわいい子が来たと言っても、ここまで騒ぐものだろうか？

着信のバイブはその後も続き、写真を希望する声が上がって、ついにはそれに応える者が現れた。教師もいるため、露骨に撮るのはさすがに無理だったんだろう。噂の転校生が教壇に立っている姿が遠くからとらえられている。たしかにみんなの言う通り、かわいい子の雰囲気があった。セミロングの黒い髪、着慣れていないはずのうちの学校の制服がなぜこんなにも似合っているのか、半袖シャツの首もとについている赤いリボンが色白の肌に映え、スカートから伸びる二本の脚はモデルかよと思うほどにほっそりしている。指を広げて拡大すると、粗《あら》い画像ではあるが顔立ちが整っているのが確認できた。証拠写真とも言うべき隠し撮りに書き込みは増える一方だ。スマホが壊《こわ》れたんじゃないかと思うくらいずっとバイブ音が続いている。

ともかく落ち着くために英雄に向けてラインを打った。

『いまラインのグループで転校生がめちゃくちゃかわいいって盛り上がってるんだけど、そっちの様子はどんな感じ?』

返事を待つあいだも着信のバナーは次々と更新されていく。通知をいったん切りたいくらいだ。英雄からの既読がついた。

『かなり盛り上がってる。未だにみんなざわざわしてるし』

『そんなにかわいいの?』

『いや、俺はよくわかんないけど、たしかに顔は整ってるかも』

こういうときに流されないのが英雄の美点だ。まぁ単にかわいい子に興味がないだけなんだろう。

『わかった。じゃあ実際にやる前に、転校生が注目されて喜ぶタイプかだけ私が確認しに行くね。イヤそうだったら作戦決行』

『了解』

英雄のおかげで自分を取り戻すことができたので、それ以降は延々と追加されていくラインの書き込みを静観した。転校生の名前は「星乃《ほしの》あかり」というらしい。メンバーの半分が男子のためか、時間が経つとだんだん内容がゲスいものへと変わっていった。表向きは静かに行われている授業の裏で、人権もへったくれもない胸くその悪い言葉が飛び交っていた。

『俺、横の席だけど、すげーいい匂《にお》いがする』

【スタンプ】（恍惚《こうこつ》とした顔でよだれを垂《た》らすオヤジ）

『マジかよ裏山』

『当たりクジきたぁぁぁぁぁ！』

【スタンプ】（くす玉を割る人たち）

『脚がいい感じに細い。さわりたい』
『胸もわりとでかいよ。俺の見立てではEはある』
『E!?』
【スタンプ】(目を見開くゴリラ)
【スタンプ】(ば、馬鹿な、と驚くシャア・アズナブル)
【スタンプ】(ショックを受ける夜神総一郎)
『俺、次の休み時間に告白するわ』
【スタンプ】(親指を立てるハードボイルドなじいさん)
『じゃあ俺は次の時間に胸をもませてもらう』
【スタンプ】(敬礼する兵隊)
『おっぱい! おっぱい! おっぱい! おっぱい!』
【スタンプ】(神輿《みこし》をかついで騒ぐ村人)
他人事である分にはどうでもいいが、私が星乃あかり本人だったら顔をしかめたくなる書き込みでいっぱいだ。おまけにまた隠し撮りをする奴がいて、席についている姿を今度は横から撮っていた。頬杖をついてものうげに授業を受けている様子がかなり鮮明に写っている。スカートの裾《すそ》からのぞく太ももの白さに男どもが歓喜の声を上げていた。

結局スマホをずっと見ていた一限目の授業が終わり、チャイムが鳴ると何人もの生徒たちが我先にと教室を出て行った。何かあったのかと戸惑《とまど》う女子に「すげーかわいい転校生が来たんだって」と浮かれた男が教えている。その一言で第二波がまた二組に向かい、教室はほぼもぬけの殻《から》、ミーハーなことに興味がない何人かの真面目な生徒と、授業中から居眠りを続けているねぼすけくんだけがあとに残った。みんな面白いくらい予想通りの動きをするんだなと感心する。自分が転校生の立場だったらどんな気持ちになるかなんてまったく考えないんだろう。

やれやれだぜ、と首を振って私も教室の外に出た。二組の教室の前にはすでに人だかりができている。「つーか、まじかわいくね？」と盛り上がっている男子生徒の声が耳をかすめた。根暗なブスが通りますよ〜と心の中で呼びかけながら人だかりを迂回《うかい》する。

混み合っている頭のあいだから中を覗くと、中央のうしろから二番目の席に噂の転校生の姿を確認できた。たしかに飛び抜けてかわいい子だったのでびっくりする。転校生が来たときによくある、外から来た者に対する評価の甘さが上乗《うわの》せされていると思っていたけれど、どうやらこの子は本物だ。特に目が印象的で、物事に冷《さ》めている感じがする、輝きの少ないタイプの目だった。当人はクラスの子たちと打ち解ける気がないのか、話しかけている女の子たちをあまり相手にしていない。

英雄の姿は見当たらず、すでに一階に降りているようだった。転校生があの感じなら、やっても支障はないだろう。私は出動許可のラインを送り、ちょっとすみませんね、と手刀《てがたな》を切って、どうにか教室に潜《もぐ》り込《こ》んだ。自分の席に座っている玲花と目が合ったので、その視線を引きつけるようにして教壇に上がり、窓際まで歩いていく。開いた窓から顔を出すと、英雄が誰もいないグラウンドの真ん中にスタンバっているのが見えた。スポーツバッグから出した電池式のＣＤラジカセを地面に置いて、もはや見慣れた感のある大仏のマスクをかぶっている。

やがて校舎まで十分に届くバカでかい音量でラジカセから軽快な音楽が流れ始めた。聞き覚えのある曲に、生徒たちが何事かと窓際に集まってくる。青空が広がるステージの真ん中で英雄はすでに踊り始めていた。ダンスショーの一発目として選んだのは、ジャニーズグループ「嵐」のデビュー曲、その名も「A・RA・SHI」だ。櫻井《さくらい》くんの「ティキソウウソウ」のくだりが終わり、冒頭のラップ部分が始まる。

はじけりゃいぇー　すなおにぐー　だからちょいとおもいのはぶぅー　ざっつおーらい　それでもじだいをきわめる　そうさぼくらはすーぱーぼーい……

嵐を完コピする大仏マンの登場に、みんな転校生のことなんてすっかり忘れてしまったみたいだ。転校生の星乃あかりも、席に座ったままではあったが、不可解そうに顔をしかめて窓の外に目をやっていた。さっきまで教室の中にあった好奇心が完全にグラウンドへと移ったところでサビへと入る。

ゆあまいそうそう　いーつもすぐそばにある
ゆずーれーないよ　だれもじゃまできーない
かーらーだーじゅうにかぜをあつーめて　まきおーこーせ
あらしー　あらしー　ふぉーどりぃーむ……♪

右手を上からゆっくり下ろし、大仏マンがポーズを決める。英雄のダンスは本家にひけを取らないくらい完璧だった。そのクオリティーの高さに観客たちも沸《わ》いていて、特に女子はコンサートの客さながらに、手拍子《てびょうし》をしたり笑ったり、みんなおおいに楽しんでいる。やはり知っている曲だと嬉しいのだろう、今までのショーとは明らかに食いつきが違っていた。スマホをグラウンドに向けてビデオを撮っている者もいる。

初めてショーをやったとき以来の大盛況に、どうだ、と胸を張って玲花を見ると、彼女はいつのまに移動したのか、私のすぐ側に立っていた。大胆な接近に慌《あわ》てたが、嵐の曲が続く中、玲花はこっちを見向きもせずに、涼しげな目でグラウンドを見下ろしていた。

「悪くないアイデアだね」

口《くち》の端《は》に浮かぶ笑みが「たいしたことないじゃん」と言わんばかりだ。私は相手にしないようにしてグラウンドに向き直った。

「私、玲花には負ける気がしない。そもそもふざけたマスクかぶるのも、グラウンドでショーをやるのも、全部私のアイデアだしね」

玲花の視線を頰に感じる。そっちはパクってるだけじゃないか、という皮肉はしっかりと伝わったようだった。誰かにこんなにも攻撃的な態度をとれるなんて、自分でもちょっと驚くくらいだ。玲花を残してその場を離れた私は、体の中のひとつひとつの細胞が沸き立っているのを感じていた。何かがおかしいとわかっていても止《や》められない。

＊

自宅から自転車で十五分のところにあった英雄の家は、こぢんまりとした細長の一軒家だった。建物自体は古くないが、私の家に比べるとずいぶん小さい。英雄はたしか母子家庭だと聞いたことがある。その辺《あた》りも影響しているんだろうかと考えつつも、ラインで『着いたよ』とメッセージを送った。

出してもらったスリッパを履《は》くなり、「ちょっと会ってほしい奴がいるんだよ」と英雄に明るく切り出された。以前話した幼なじみが部屋に来ているらしい。例のいじめを受けた子か。たしか今はフリースクールに通っているはずだ。私は知らない人と会うことに少し緊張しながら居間を通って二階に上がった。家の人は仕事に出ているそうで、夜の八時を過ぎているのに、居間は人の気配がなくがらんとしていた。

英雄に続いて部屋に入ると、柔らかい中性的な顔立ちをした男の子が、立ち上がってぺこりと頭を下げる。

「幼なじみの公平《こうへい》」

思ったよりもイケメンだったのでどぎまぎした。黒のパーカーにベージュの綿パンという特におしゃれでもない格好なのだが、どことなく品があって、育ちのいい私立校のお坊ちゃんみたいな雰囲気がある。でも微笑み方がいじめられっ子によくあるタイプのものだった。どっしりとした余裕から生まれるのではなく、内気で控えめな性格であるがゆえの微笑みなのだ。

「あ、適当に座ってな。その辺にあるものどけていいから」

英雄が二リットルの麦茶のペットボトルを空《から》のグラスに注いでいる。私は斜《なな》めがけにしていたバッグを取って部屋の中を見回した。八畳ほどの部屋でまず目がいくのは、背の低い洋服ダンスの上に飾られている無数のヒーローグッズだった。ポーズを決めた、多少値が張りそうな戦隊ヒーローの巨大なフィギュアや、両腕を上げてばんざいができるソフビ人形、そしてどう見ても子どものおもちゃにしか見えない合体ロボや武器などが、いかにも大切なコレクションです、という感じでレイアウトされている。私もマンガやアニメが好きなので理解できないわけではないが、やはり先立って浮かんでくるのは「ガキっぽい」の一言だった。

それ以外は特に変わったところのない部屋だ。勉強机やベッドの上に適度に物が載《の》っていて（教科書や学校のプリント、畳《たた》まれた洗濯物など）、汚くはないが、きれいでもない。散らかり具合で言えば、私の部屋の方がはるかにひどかった。ただあいにく男子より部屋が汚いことに恥ずかしさを覚えるようなメンタリティーを持っていない。

カーペットの上で足を崩《くず》すと、マンガが収められたカラーボックスの上に英雄の小さい頃の写真が立てかけられているのに気がついた。以前二人で観に行ったヒーローショー的な催《もよお》しなのか、五歳か六歳くらいの英雄が、戦隊ヒーローの赤い人と一緒にポーズを決めている。並んで写っているもう一人の子は、おそらく顔立ちから見るに公平くんだ。目の前にいる二人の強い絆《きずな》がうかがえた。いかにも男の子というか、この人たちはビッグライトを当てたみたいに体だけ大人になったんだろう。

「で？　今後のプランとしてはどうするんだっけ？」

初対面の二人のあいだを取り持つ会話のあとで英雄が本題に入ったので、私は麦茶の入ったグラスをテーブルに戻した。第三者がいることによる話しにくさを感じたが、今日はそのことを話すためにここに来たのだ。

「とりあえずしばらくは例のダンスショーを続けるつもり。授業後の休み時間は今まで通りリフティングとかをやって、昼休みの目玉としてダンスを持ってくる感じかな。ほら、昼休みってお弁当を一人で食べなきゃいけない子もいるじゃない？　ささやかでも娯楽があれば、少しは気が楽になるかもしれないし」

たとえ演目が同じでも、毎回新しい曲で踊ってみせれば「いったいこいつは何曲踊れるんだ?」とみんなが感心するはずだ。この先、ショーを安定したものにするために、私が一人でできることはすでにいろいろとやっておいた。まず校長先生のところに行って、馬づらマスクの男たちが自分たちの協力者であると説明した。勝負の邪魔をされたくないというほどのことではないが、許可を得ていない人間が関わっているのがバレたら、こっちまで火の粉《ひこ》が降りかかってくるかもしれないから、その対策はしっかりとっておく必要がある。あとはショーの大事なポイントである大仏のマスクをより使いやすいものに変えるため、激しく踊ってもマスクがずれないように中に詰め物をしたり(マスクはフリーサイズなので、そのままではブカブカなのだ)、視界や酸素がちゃんと確保できるよう、見た目を損《そこ》なわない程度に目や鼻の部分の切れ込みをはさみで広げた。些細《ささい》なことだが、こういうのが意外とクオリティーに影響するのだ。

「ただ不安がないわけではないんだよね。玲花が入ってきたことでショーの間隔が一日おきにはなったけど、それにしたって二日に一曲のペースでダンスを覚え続けなきゃいけないし、英雄にはかなりの負担がかかる。選曲とか振り付けの動画を見つけてくるのは私が責任を持ってやるけどさ、結局私にできるのはバックアップで、舞台に立つのは英雄だからね」

私が渡した新しいマスクの具合を確かめていた英雄は「大丈夫だよ」と言って笑った。

「俺が佐古に頼んだんだ。注文にはちゃんと応える」

「そう? じゃあそこは甘えさせてもらうけど、厳しくなったらいつでも言って。何かしら対策を考えるから」

とか言いつつも、英雄が言うと本当に大丈夫そうだから不思議なものだった。

「あとは星乃さんのことだよね」

ダンスショーの負担より悩ましいのは、実はこっちだ。初登校から三日が経っても、転校生の星乃あかりは相変わらず注目されていた。今では二年生のみならず、一年生や三年生にもその存在を知られていて、噂ではすでに三人の男子生徒から告白されたが、「興味ないから」の一言であっさり撃退したらしい。まぁ本当に芸能人並にかわいいし、それはしょうがないのだけれど、問題は彼女の他の生徒に対する態度なのだ。友達を作ろうとしないどころか、周りと話そうとする気配すらなく、自ら進んでぼっちの荒野を歩き続けている。

「もちろんただ一人でいるだけならいいんだけどね。あのやり方は反感買うよ」

私は自分のスマホを英雄に見せた。

「うちの学校の裏サイト。星乃さんの悪口であふれてる」

裏サイトはラインのグループトークの中で見つけたものだった。メンバーの男子のうちの一人が『こんなの出回ってるぞ』とウェブページのリンクを貼《は》りつけて投稿したのだ。中身はすべて星乃あかりに対する匿名の誹謗中傷《ひぼうちゅうしょう》で、顔がきもい、整形だ、色目を使った、援交している、男とやりまくっているなど、女のひがみだろうと思うような悪口が山盛りだった。私も一通り読んだのだけど、学校に来て三日でこの嫌われようはちょっと異常だ。

英雄は眉間に深いしわを寄せて書き込みを指でスクロールさせていた。隣で三角座りをしている公平くんも体を寄せて画面を覗き込んでいる。

「思った以上の嫌われようだな。しかもこれ、不特定多数が何人も書き込んでる感じじゃん。星乃あかりってそんな嫌われてんの?」

「いや、そういうふうに見せかけてるのかもしれないよ」

公平くんが急に話に入ってきたので驚いた。でも彼の言う通りだ。理解していない英雄だけが「どういうこと?」と顔をしかめる。

「一人の人間が何人もの人に成りすまして、大勢が書き込んでるように見せかけてるかもしれないってことだよ。まぁ実際にグループの犯行だとしても、せいぜい仲のいい二、三人が共謀《きょうぼう》してやってんじゃないかなぁ？」

どうやら彼はそれなりに頭が切れるらしい。「マジかよ。そんなめんどくさいことしてんの？」と呆《あき》れている英雄にわかりやすい説明をしてくれた。

「こういう掲示板ではよくあることだよ。たくさんの人が書いているように見える方が本人が見たときにダメージが大きいし、みんなの総意ってことにもしやすいからね。あとは噂を流してこのサイトをみんなに広めることで他の生徒をゆっくりと取り込んでいく。そうすれば被害を受けてる子はアリ地獄《じごく》に落ちる形でどんどん孤立していくってわけ」

マズいものを口に入れたかのように英雄が「うげー」と舌を出す。ネットの誹謗中傷はもはや当たり前に産み落とされる感情の排泄物《はいせつぶつ》みたいなものだ。二人には見せていないが、別のところには英雄に対する悪口もしっかりと書き込まれていた。変なマスクをかぶっていい気になっているとか、やっていることが面白くないとか、もちろん星乃あかりほどではないが、そういう声があることに違いはない。まぁどうせ英雄は気にしないだろうから、わざわざ言うのはやめにした。自分が不快だと感じたときに何のためらいもなく石を投げ、さらにはそれに便乗《びんじょう》して面白半分で小石を投げる人間が一定数いるのは仕方のないことなのだ。私だってこのショーに荷担《かたん》していなければ、ぎりぎり石は投げないにしても、英雄のことを目立ちたがり屋のアホだと思っていただろう。

「で？　この状況をどうするわけ？」

英雄に対策を訊かれたものの、私は肩をすくめてみせた。星乃あかりを助ける方法をいろいろ考えてみたのだが、今のところ有効な手だては見つかっていない。

「正直かなり厳しいの。星乃さんは自分が嫌われてるのは自覚してるんだろうけど、それに対して何の配慮《はいりょ》もしないし、そうなるとこっちが何をやったところで焼け石に水だからね。まぁ日数が経てば落ち着くかもしれないから、それを待ってみるのもひとつの手だとは思うけど……」

まったく厄介《やっかい》な女が来たものだ。嫌われたいなら放っておけばいいと私なんかは思うのだけど、英雄は決してそれをよしとはしないだろう。

「そっか。じゃあとりあえずはこれまで通りショーを続けるしかないってことだな」

「そうだね……」

演出家として何も思いつかないのは悔しいが、しょうがない、それは引き続き考えることにしよう。私は話が終わる前に、もうひとつのアイデアを思い切って言ってみることにした。

「あの、ちょっと提案があるんだけど」

「何？」

「星乃さんに対するいじめを軽減するためのものじゃないの。ショーそのものをもっと面白くする方法。さっき、何人かの男子が星乃さんに告白したって言ってたじゃない？　その応用で、ショーの中で星乃さんに求愛するのって面白いんじゃないかって思うんだよね」

「キュウアイ？　好きだって伝えるってこと？」

「そう。休み時間に星乃さんの近くまで行って、何かしらの好意を伝えるの」

私の頭の中に浮かんだ映像はこうだ。まず大仏マンは教室の引き戸に背中を貼り付けて、何度もわざとらしく深呼吸をする。胸に手を当て、これから好きな人がいる教室に入る準備をするのだ。そーっと片目だけを出して教室の中をうかがい、忍者並の素早さでサササッと黒板の前の教卓に身を隠す。そして大仏様の特徴である頭の螺髪《らほつ》（いぼいぼ）を、まるで朝日が昇るようにゆっくりと教卓からのぞかせて、二つの半眼（半開きの目）がぎりぎりお目見えになったところでぴたりと止める。教卓から半分だけ顔を出している大仏マンはみんなの注目の的だろう。

「ほう。そっからどうなんの？」

「まぁとにかく最後まで聞いてよ」

言葉を発せずとも、じーっと視線を送り続けることで、生徒たちは大仏マンが何を見ているかに気づくはずだ。視線の先に星乃あかりがいるのがわかれば、「え、そこにからむのか？」と期待感が生まれ、おそらく星乃あかりも大仏マンをにらみ返してくるに違いない。二人の無言の見つめ合いによって緊張感が増し、生徒たちの興味は次に何が起こるのかに集中する。そこで大仏マンは静かに立ち上がり、黒板の方を向いてチョークを手に取り、みんなの視線を背中に浴《あ》びたまま、かつかつかつかつ、と黒板に白い粉を散らすのだ。しんと静まり返った空気の中、大仏マンはかたんとチョークを置いてその場を立ち去る。あとに残ったのは「大仏」と「星乃あかり」の名前が並んだハートつきの相合傘。今どきマンガでもやらない古風な告白によって、教室は「えーっ！」と驚きの声で満たされるだろう。

「……っていうようなことをやるわけよ。あとは昼休みのダンスショーでもラブソングを積極的に取り入れて、とにかく大仏マンが星乃さんに恋をしたとみんなが思うように仕向けていくの」

恋愛が絡《から》むと人の好奇心は何倍にも膨れ上がる。しかも相手が星乃あかりなら、

「大仏マンが美少女転校生に恋をする」という、ひどくキャッチーな設定ができあがるのだ。

「これの一番のメリットはね、星乃さんに向けられてるみんなの興味をまるごとこっちに取り込めることなんだよ。そうすれば私たちのショーに対する注目度は飛躍的にアップする。今後の展開も楽しみないい方法だと思うんだけど――」

力説したつもりだったが、微妙な空気が広がっていく。英雄は仲間を求めて公平くんと目を合わせると、「いや、言ってることはわかるんだけどさ……」と疑問を呈《てい》した。

「それは星乃あかりに対するいじめになるだろ？　それじゃあ彼女がかわいそうだよ」

その通りだ。頭ではわかっていたけれど、やっぱりダメか、と肩を落とした。求愛案を実行すれば、玲花よりもっと面白いショーが作れるのは間違いないが、やはり誰かを犠牲《ぎせい》にしてまでやるというのは許されないってことなんだろう。

「もう少し他の案を考えよう。今やってるのをパワーアップするってのはダメかな？　踊る曲数を増やすとかなら、俺、いくらでもがんばるんだけど」

私は適当に聞いているフリをした。自分が面白いと感じているアイデアを試せないのはなかなかのストレスだ。黙って私の言うことを聞いていればいいのにと思ってしまう。

結局私のやりたかった求愛案はボツになり、翌日の日曜日をまるまる使って、個人的にはあまり気が進まなかった「うちわ」の制作をすることになった。アイドルのコンサートでうちわを持って応援する女の子が多いことから着想を得て、大仏マンのオリジナルグッズを作るというアイデアがあったのだ。私たちのショーは女の子の支持が大きいからね、とやる気のない感じで私が言うと、英雄は「それいいじゃん、すぐ作ろう!」と乗り気になり、公平くんも手伝ってくれて、全部で五十個のオリジナルうちわを制作した。オモテ面には大仏の顔をでかでかとコピーした紙を貼り、ウラ面には「南無阿弥陀仏《なむあみだぶつ》」と縦《たて》に書いた紙を貼り付けた。全部手作業で作ったのでかなり大変だったけど(もちろん材料費も自腹だ)、月曜日に学校の一階の掲示板の脇に箱を作って置いておいたら午前中でなくなり、ダンスショーのときは女の子たちがそれを持って応援してくれるようになった。中には自作のうちわを作って来てくれる人たちも現れて、ちょっと面白かったのは、二つのうちわに蛍光色《けいこうしょく》で大きく書かれた文字が「成」と「仏」で「成仏」になっていたことだ。どちらかと言えばすでに成仏した身ではあるので、私はしばらく一人でツボにはまっていた。もう少し他にいいメッセージがあるだろう。

一人でお弁当を食べていると、見慣れた部室がいやに広く感じるものだった。長いあいだ一緒にいた人がいないという感覚は、時間の流れさえも早めてしまうものなんだろうか。玲花と向かい合って昼食をとっていたのがずいぶん昔のことに思える。

やがて外からサーカスが始まるかのようなコミカルな音楽が聞こえてきたので、私はゆっくりと席を立って窓を開けた。グラウンドの中央には、もはやおなじみとなったアニメのサザエさんふうの居間のセットが組まれている。砂の上に直《じか》に敷かれた畳が三枚、その上には古いちゃぶ台、そしてテレビ（これは前に演劇部で作った小道具だ）が載っていた。

居間には馬づらのマスクをかぶった四人の演者たちがいる。冒頭のコミカルな音楽が止むと、まるで再生ボタンが押されたように馬の一家が動き始めた。父親役はちゃぶ台の前で新聞を読み、母親役は架空の台所でご飯の支度をし、兄役はテレビに貼り付いていて、妹役は黙々とスマホをいじっている。脇に置かれたＣＤラジカセから演者たちのセリフが流れた。

「こら、馬太郎。また競馬観てるの？　もうご飯の時間だから消しなさい」

「えーっ、これだけ見せてよ、ゴールドシップの二冠がかかったレースなんだ！」

　私がダンスショーをやったときからおそらく動いてくるだろうと思っていたが、玲花は昼休みのショーで新しいことを始めていた。馬づらのマスクの男たちによる喜劇、「馬太郎物語」の上演だ。

　主人公は二歳の牡馬《ぼば》である「馬太郎」。四人家族の長男である彼は、幼い頃から競走馬になるのが夢で、毎回G1が行われるたびにテレビに夢中になっている。でも馬太郎はかねてから父親に「叶《かな》わない夢を見るのはやめろ」と言われ続けていた。父親は自分も若い頃は競走馬に憧れたことを認めた上で、現実がいかに厳しいかを馬太郎に切々と訴えるのだ。

「いいか。競走馬というのは血統がすべてなんだ。もともと家畜だった父さんと母さんのあいだに産まれたおまえには、まず望みがない。家畜の馬が競走馬になりたいなどと願うのは、乳牛が闘牛になりたいと願うのと同じだ。だいたいおまえは馬体もひどく小さいじゃないか。その体でどうやって競走馬になるって言うんだ？」

「そんなのわからないじゃないか。ディープインパクトだって、馬体が小さくて最初は期待されてなかったんだ。人間の高橋みなみも『努力は必ず報《むく》われる』っていつも言ってるよ？」

「バカ野郎！　おまえは家畜の息子だ！　高橋みなみに甘えんじゃねぇ！」

「なんでだよ！　僕だって夢を持ったっていいはずだろ⁉　僕は競走馬になるんだよ！　そしてダービーに出て、圧倒的な末脚《すえあし》で競馬ファンを魅了するんだ！　夢は凱《がい》旋門賞《せんもんしょう》だ！」

「ほざいてろ！　なれるわけないだろ！」

でも馬太郎はあきらめきれない。毎日走る練習をし、競走馬がひづめにつける「蹄《てい》鉄《てつ》」を買ってくれと父親にせがむ。「ダメだ！」とぶたれた彼は頬を押さえて涙を流すが、夜中にお菓子の空き箱で自作の蹄鉄を作ってガムテープで足に貼り付け、嬉しさのあまり家の近所を駆け回るのだ。

やられた。

この喜劇を初めて観たとき、私がまず思ったのはそれだった。もともとあった馬づらのマスクをうまく利用しているし、設定がわかりやすいのもいい。そして何より悔しかったのは、これが一話限りではなく、続きものの劇であることだった。翌週に上演された第二話では、馬太郎の家の近所に、「マイケル」という（マイケル・ジャクソンのラバーマスクをかぶった）若手外国人騎手《きしゅ》が引っ越してくるところから話が始まる。マイケルは落馬による怪我《けが》の影響で、もう騎手を引退しようかと考えていたのだが、馬太郎と出会い、彼の情熱やひたむきさに触れることで再起を誓《ちか》うのだ。

「家畜の親を持つ馬太郎が、あんなに一生懸命《いっしょうけんめい》がんばっている……。それに比べて僕はなんだ。一度落馬で怪我しただけで、競馬そのものをあきらめるのか。僕はそんな弱い気持ちで騎手をやっていたのか？　おまえも馬乗りなら、馬それぞれの力をきちんと引き出してやるように、自分という人間に備わっている力を最大限に引き出してみせろ！　ポゥ！」

そして今日の第三話では、騎手のマイケルと馬太郎が一緒にダービーに出る夢を叶えようと語り合う場面があったので、今後彼らが練習を重ね、様々な試練に立ち向かうのは予想できることだった。全部で何話あるのか知らないが、これは脚本を書ける強みをいかした玲花ならではのやり方だ。私にはやろうと思っても絶対できない。

玲花の「馬太郎物語」は思った通り私たちのダンスショーよりも好評だった。やはりストーリーものは人を惹き付ける力があるらしく、私たちのダンスショーではいまいち取り込みきれなかった男子たちももれなく夢中になっている。おまけに玲花は物語を重層的にするために、マイケル騎手の現役時代の奮闘を描いた「マイコー物語」という短い小説を毎回作り、出所がわからないようにしてラインでみんなに回していた。おそらくこれは私たちの作ったグッズのうちわに対抗してのことだろう。

私は玲花の物語を作る才能に強い嫉妬を感じる一方で、演出面での甘さを見つけて、揺さぶられる心のバランスを取った。特にテープで流しているセリフなどは、吹き込んだ人間があまり上手くないために、セリフが浮いて、ところどころ演技が上滑《うわすべ》りしてしまっている。もっと抑揚《よくよう》をつけるか、あるいはセリフがなくても感情が読み取れる演技をしないと、観ている側には伝わらない。

あとはショー全体のことで言っても、せっかく馬づらのマスクと競走馬を結びつけることができたのだから、授業の合間の休み時間も、いっそ競馬をやればいいのだ。五、六人の馬づらマスクの男たちを用意して、それぞれに馬名とゼッケンを与え、グラウンドを走らせてレースをする。マスクをかぶった人間が全力で走って順位を競う馬のレースは、観ている側にはいい娯楽になるだろう。中にはお金を賭《か》けだす生徒が出てきて問題になるかもしれないが、面白さにこだわるのなら、それくらいの攻めの姿勢でやるべきだ。

玲花のショーを観て改良点を見つけるたび、私は優越感を覚えると同時にもったいなさを感じるようにもなった。二人でやればもっと面白いものができるのに――そうぼやいても、どうにもならない今の状態が残念に思えるのだ。そういうとき、私があらためて実感するのは、玲花がいかにかけがえのない友達だったかということだった。彼女は私が仲良くなった人の中でただ一人、私の心の深いところにまで入ってきた人だった。そういうのはたぶん自分では選べないことなのだ。たとえその人がいなくなっても、他にもっと親しい人ができたとしても、一生消えない傷あとのようにいつまでも心に残り続ける。

私はそのことを考えると不覚にも涙が出そうになった。鼻の奥がつんと来て、溢れそうになった涙を手で拭ってごまかした。玲花は私にとって本当に大切な人だったのだ。なのに今はこうして二人で争うことになってしまっている。

文化祭に向けての稽古は連日行われていた。発声練習が終わったあとでぼんやり台本を眺《なが》めていると、高田先輩が私に声をかけてきた。

「ねぇ。最近、玲花が来てないけど、何か知ってる?」

いつか訊かれるとは思っていたが、どうにも答えようがない。本来脚本家が座るはずの私の隣の席は、もう一週間以上空席のままだった。これじゃあ文化祭の公演にも支障が出そうだ。

「私が注意したからかなぁ……」

高田先輩が頭のうしろを掻《か》いているので、「何かあったんですか？」と訊いてみた。彼女が言うには、玲花のやっているショーのことで少し注意をしたらしい。

「ほら、例の馬のマスクをかぶってる連中がいるでしょ？　あれ、最初はうちの部の山口と寺島がやっててさ、二人から相談を受けたから、私が玲花に注意したんだよ。本人がやりたいと思ってないことをやらせちゃダメだってね」

「え？　ってことは彼らはもう関わってないんですか？」

私の驚きように高田先輩が戸惑っている。

「そのはずだけど……」

てっきり演劇部の一年生たちが今も玲花のショーを手伝っていると思っていた。でも高田先輩の言ったことが事実なら、山口くんと寺島くんだけでなく、他の部員たちも一切関わっていないということだろうか？

「うーん、たぶんそうだと思うけど……一応みんなに訊いてみる？」

高田先輩が声をかけて一年生を呼び集める。ジャージを着た十人の男女が、黒板の前に並んでいるふたつの机の前でゆるい弧を描いた。馬づらマスクの中の人をやってる子はいるかという質問に、彼らは手を挙げなかった。山口くんと寺島くんはやはり今はやっていないみたいだったし、他の子に至っては何も知らないらしく、どうしてそんなことを訊くのかと不思議そうな顔をしている。

手伝っているのは演劇部の子たちじゃない？　じゃあ誰があのマスクをかぶっているんだろう？　私がその真相を知ったのは、それからすぐのことだった。売店に行く途中にある外のベンチで、うちのクラスの男子の一人がこんなことを話しているのを耳にしたのだ。

「なぁ、おまえ馬づらのマスクかぶるバイトやらねぇか？」

私はその場で足を止めると、前に進もうとしていた体をうしろに引いて、何気ない顔でスマホを取り出した。メールをチェックするフリをしながら、話している男子たちとの距離を少しずつ詰めていく。あくまでも断片しか聞き取れなかったが、欠けているピースを想像で埋めれば全貌はつかめなくもないことだった。

もしこれが事実なら、すぐにやめさせなきゃいけない。勝負に熱中するあまり、玲花は手段を選ばない状態になってしまっているようだった。互いの意地とプライドをかけた勝負ではあるけれど、そこまでして続けることではないはずだ。

九月も末になり、エアコンを点けることもなくなってきた部室の中で、私は玲花が来るのを待った。会って話すことを求めたラインのメッセージは既読がついただけで返信はない。でもきっと来るだろうという予感があった。無視して私をイラつかせることもできるけど、玲花はあえて誘いに乗って、自分に余裕があることを見せつけてくるはずだ。

予想通り廊下に足音がして、曇《くも》りガラスに映った人影が引き戸を開けた。こちらを警戒する様子もなく、「どういう用件？」と玲花は訊いた。そのいかにも普通を装った話し方に、我慢しようと思っていた怒りがむくむくと膨らんでいく。

「中の人にいくら払ってるの？」

こっちに歩いてきた玲花は足を止めた。余裕の象徴だった微笑みが消え、能面のような顔になって私を見ている。

「お金払ってまでやることじゃないでしょ？　だいたいどっから捻出《ねんしゅつ》してるの？　玲花、バイトしてないよね？」

玲花は身動きひとつしない。情報がどこから漏《も》れたかも、ひょっとすると察しがついているのかもしれなかった。いずれにせよ動揺は見られず、さっきまでの笑みを再び取り戻した玲花は「鈴には関係ないと思うんだけど」とゆったりとした口調で言った。

「そうだよ。私には関係ない。でも親のお金で生徒を雇《やと》ってショーをするなんてどうかしてる。どうせそこから出てるんでしょ？　玲花のお母さん、甘いもんね」

「それのどこがいけないの？　っていうかさ、私に負けて悔しいんでしょ？　昼休みのショー、完全に私の勝ちだもんね」

ここで冷静さを失ったら、それこそ負けだ。口から出そうになった汚い言葉を呑み込んで、「そんなこと言ってるんじゃないよ」と話を戻した。

「勝ち負けとかじゃなくて、やり方が間違ってるって言ってるの」

「だからどこが？」

「わかってるでしょ。そこまでしてやることじゃないんだよ。だいたいお金で他人を従わせてショーをしたって、舞台に立ってる人間に気持ちがないなら意味ないじゃない。そんなの死体を無理やり動かしてるのと同じだよ。本当にいじめをなくしたいと思ってやってる英雄とは違う」

今まで冷静さを保っていた玲花の眉間にぴしりと深いしわが入った。何かのふたが外れたみたいに私に対する敵意が溢れていくのがわかる。

「そうかなぁ？」

さっきまでとは明らかに違う怒気を含《ふく》んだ声だった。

「いじめられてる子から見れば一緒だと思うけど。私だってショーをやることで結果的にいじめを減らしてる。それで救われてる子たちにとっては、私もヒーローみたいなものじゃない」

違う。そうだけど、そうじゃない。でも何が違うのかはそれ以上うまく説明できなかった。校長室で自分たちのショーを続けさせてくれと頭を下げていた英雄。そこには明確な意志とともに、私や玲花にはない何か別のものがあったのだ。

「どのみちそっちはいつかショーができなくなるよ」

ぼそっと意味深なことを言われて、どういうことかと聞き返す。玲花は何も答えずに部室の入り口へと引き返していった。紺色《こんいろ》のブレザーをまとった背中が見えなくなり、部屋の中に一人きりになる。あとに残ったのは、さらに溝《みぞ》が深くなった虚《むな》しさと、また言い争ってしまったという後悔を含んだ胸の痛みだけだった。

次の日に私と英雄は校長先生に呼び出された。私はショーのことで玲花が何かしらの邪魔をしてきたのかと不安になったが、どうやらそれは思い過ごしだったらしい。応接セットのソファで向かい合った校長先生は、初めて会ったときよりもずいぶんととっつきやすくなっていた。

「今日は君たちにいい知らせがあるんだ。うちの学校に来てもらってるカウンセラーさんからの報告でね、ずっとカウンセリングにかかっていた数名の生徒が、ここ最近、前よりも学校が楽しくなったと言っているそうだ。どの子も君たちのショーのことを話していて、どうやら嫌《いや》なからまれ方をすることがなくなったらしい。礼を言うのはまだ早いのはわかっているが、ありがとう、君たちのおかげだ」

校長先生は両膝に手を置いて頭を下げた。自分よりもずっと年上の人間に、しかも学校のトップから頭を下げられたことに困惑したが、成果が出ているのは嬉しいし、褒められたのが照れくさくもある。実際、私も教室の空気の変化を感じていた。くだらないとかマンネリだとか言いつつも、なんだかんだショーを楽しんでいる生徒は多く、私のクラスのなめくじも、最近は気持ち悪がられている姿をほとんど見なくなっている。ただ玲花のショーが自分たちの功績だと勘違いされているのは複雑だった。詳《くわ》しい事情を話してもいいのだけれど、中の人をお金で雇っているのが明るみに出たら大問題だ。変な疑いを持たれないためにも、なるべくそこには触れたくない。

「他の先生たちも、きちんと結果が出たことで、君たちを見る目が変わったようだ。これからもできる限りバックアップはしていくから、もし何か希望があったら言ってくれ」

信頼してもらっているのに本当のことを話さないのはどうなんだろうと思っている

と、「そういえば、ひとつ気になっていることがあるんだが……」と校長先生が切り出した。やはり玲花のことかと身構えたが、馬づらマスクのバイトの件は、まだそんなには広まっていないみたいだ。訊かれたのは「ショーに出ている子たちは大丈夫なのか？」という、まったく関係のないことだった。

「大丈夫っていうのは？」

「いや、ああいうふうに目立つことをしていると、生徒の中にはいい感情を持たない子もいるんじゃないかと思ってね。いじめを防いでくれてるのは助かるが、新島くんを含め、矢面《やおもて》に立ってる子たちがいじめられてしまったら元も子もないだろう」

もっともな心配ではあるけれど、今のところそういうことは起こっていないし、英雄に限って言うならば、その気遣いは無意味でしかない。とはいえ玲花のショーの演者たちについて詳しく訊かれては困るので、「大丈夫です」と笑顔を作って早めに話を終わらせた。横で黙っていた英雄が「あくまでも俺の意見ですけど……」と余計なことを口にする。

「そういうのは気にしなくていいですよ。物事には役割分担ってのがあるんです。俺が前線でがんばって、校長先生や佐古が後方支援をしてくれる。どっちが欠けてもうまくいかない。だから校長先生は自分の役割をきちんと果たしてくださればいいんです」

私は慌てふためいた。目上の人になんて口のきき方をするんだ、おまえは。でも校長先生は一瞬間違ったものを呑み込んだみたいに目を丸くしただけで、あとは噴き出して笑っていた。

「わかった。すまん。君の言う通りにしよう」

ひやりとしたが、なんとか今のやり取りで話が流れてくれたらしい。私は退席する前にずっと気になっていたことをこの際訊いてみることにした。

「あの、ちょっとお訊きしたいことがあるんですけど……」

「ん？　何かな」

「なんでそこまで協力していただけるんですか？　学校としていじめをなくしたいっていうのはわかるんですが、普通であれば、ここまで味方になってくださることは、まずありえないと思うんです」

校長先生は少しのあいだ黙り込んで耳のうしろを何度か掻いた。

「……そうだな。それに答えるのは難しくないんだが、私の個人的な思い入れが君たちの負担になったら申し訳ないんでね。できれば黙っておきたいんだ」

事情はよくわからなかったが、何かをごまかしているわけではなさそうなので、それ以上は訊かなかった。ありがとう、いつか時期が来たら話すよ、と校長先生が落ち着きのある笑みを見せる。

「信頼できる大人っているんだね……」

英雄と一緒に校長室を出た私は自然とそんな話をしていた。大人なんてみんな子どもよりも自分が上だと思っていると決めつけていたけれど、中にはそうでない人もいるらしい。きっと本当の大人とは、他人に対する敬意を誰に対しても持つことができる、ああいう人のことを言うんだろう。

学食に行くと言う英雄と廊下で別れようとすると、ちょうど階段から降りてきた三年生と思われる男数人と鉢合《はちあ》わせた。総じて頭の悪そうな、ちんちんのおまけに人がくっ付いているような集団で、バカ話で起こった笑い声が止み、なぜかこちらを凝視してくる。まとわりつく嫌な視線を感じつつも、そのまま行き過ぎようとすると、「おい」と声をかけられた。びびってうしろを振り返るなり、「おまえ大仏のマスクかぶってる奴だろ」と、私ではなく英雄がからまれている。

「ちょっと来いよ。おまえのこと気になってたんだよ」

これは完全に殴られる雰囲気だ。きょとんとしたまま階段の下の廊下に突っ立っている英雄は、「おー」とフクロウに似た声を出すと、ポケットからスマホを出していじり始めた。一人の男が残りの階段を駆け降りてきて、おまえ何やってんだよ、と私の気持ちを代弁するように英雄の肩を突き飛ばす。

三年生の男たちはプールの脇の人気《ひとけ》のない場所に英雄を連れ込むと、さっそく言いがかりをつけだした。校舎の陰に隠れて見ている私にはよく聞こえないが、たぶん調子に乗んじゃねぇとか、ショーが毎日うるせぇんだよとか、そういった程度の低い文句を言われているんだろう。私は自分のしていることが間違っていないのをたしかめるために、握《にぎ》りしめているスマホの画面に目をやった。さっき英雄から送られてきたラインのメッセージ。

『誰かを呼びにいったりせずに、どっかでじっとしててくれ』

わざわざ釘をさしたということは、何かしらの考えがあるのだろう。でも黙って見ていなければいけない側の立場にもなってほしい。私は英雄が突き飛ばされたり、殴られたり蹴《け》られたりするのを歯噛みして見守った。すぐにでも先生を呼びに行きたいが、ラインで言われたことがどうしても引っかかっていて動けない。

ようやく私が駆けつけたのは、気が済んだ三年の男たちがいなくなってからだった。英雄はコンクリートの地面に転《ころ》がって、体を折り曲げながらお腹を両手で押さえていた。

「大丈夫？」

しゃがんで肩に手を置くと、痛みで顔をゆがめた英雄が「へへへ」と笑ってうなずいている。こめかみと唇の端が切れて、見るだけで目を背けたくなるような赤黒い血がついていた。私はとりあえず英雄の体を起こして、制服についた汚れを払ってやった。

「誰にも言わなかったか？」

「言わなかったけど、なんであんなメッセージ送ったの？」

「先生に言ったら問題になってショーができなくなっちゃうだろ」

……なるほど、そういうことだったのか。そこまで思い至らなかった。

「でもだからってサンドバッグみたいに殴られなくてもいいじゃない。ちょっとは抵抗しなさいよ」

「それも同じ理由だよ。向こうがケガして、表沙汰《おもてざた》になったら終わりだ。それに俺は自分からは手を出さないって決めてんの」

英雄は私の支えもなしに「よっこらせ」と立ち上がると、制服のズボンを軽く払った。ちょっと傷口洗ってくるわ。そう言って背中を向けたまま手を挙げる。あの様子では、保健室にも行かないつもりなんだろう。

しばらくは休演にした方がいいと言ったのに、次の公演日も英雄は朝からステージに立ち、昼休みのダンスショーのあとで前と同じ男たちから殴られた。俺がここでショーをやめたら、みんなの視線がまたいじめられてる生徒たちに戻っちゃうだろ？　英雄はいかにもヒーローっぽいことを言って自分に酔っているみたいに思えたが、実際にそれで生傷《なまきず》が増えていくのを見ると、やっぱりなんとかしなきゃいけないんじゃないかという気持ちになった。

授業中に頭を悩ませ、いくつかアイデアをひねり出してはみたものの、どれもあまりぴんとこない。脅《おど》したり、直接危害をくわえるのはなしだぞ、と英雄に注文されたのも影響していた。恐怖で相手を従わせる方法ならいくらでも思いつくけれど、それが使えないとなると、大して効《き》き目《め》のないものばかりになる。

私たちのショーをやらない日の休み時間のグラウンドでは、マイケル・ジャクソンのマスクをかぶった男が、ゾンビのマスクをかぶった三人の男たちと「だるまさんが転んだ」に興《きょう》じていた。馬太郎物語のマイケル騎手のマスクをうまく利用し、かの有名な「スリラー」の設定を使って「ゾンビたちと遊ぶマイケル」という、授業の合間の休み時間のための新しいショーが始まったのだ。こっちは邪魔が入って面倒なことになっているのに、これでまた差をつけられる感じがして悔しかった。このままでは昼休みだけでなく、他の休み時間まで玲花に軍配が上がってしまう。

でもよくよく考えてみると、玲花のショーの演者たちは、あの三年の男たちから目をつけられていないんだろうか？　もし殴られたりしているのなら、英雄のようにそれに耐えながらショーをやっているとは考えにくい。

背を向けるマイケルにゆっくりと近づいていくゾンビたちを見ているうちに、私の中にひとつの疑惑が思い浮かんだ。前に玲花としゃべったとき、彼女は私たちのショーがいずれできなくなると意味深なことを言っていた。たとえばあれが今回の暴力による妨害を指しているとしたら？　玲花があの三年の男たちを金で雇ったということも考えられる。

「でも証拠はないんだろ？」

屋上で昼食のメロンパンをくわえている英雄は、制服のズボンをたくし上げて絆創《ばんそう》膏《こう》を貼り替えていた。顔に傷がつくと先生たちに気づかれるため、英雄はきちんとガードを作って、それ以外の場所を殴らせていた。暴力を受けてもショーを続けるその不屈の精神には感服するが、無駄な負傷をし続けるのは賢い人間のすることではない。

「証拠はこれから見つけるよ」

私はそう言って取り合わなかった。こうして英雄に報告してはいるけれど、これは私と玲花の問題なのだ。

「それにおおもとを封じれば、猿たちの暴力も止まるかもしれないでしょ？」

「猿？」

「あの三年のアホどもよ」

英雄は一理あると思ったらしく笑っていた。でもやはり今の状況で問いつめるのはやめておけと言う。私は「なんでよ？」とたまらず声を荒《あら》らげた。

「絶対玲花の仕業《しわざ》なんだよ？　勝負の仕方として卑怯《ひきょう》じゃん！」

「わかんないだろ、そんなの。だいたいもしそれが事実でも、自分の中の正しさを疑わないのは危険だよ。今みたいに怒りが悪意に変わってるなら尚更《なおさら》だ。それは本当の正義じゃない」

急に難解なことを言われて頭がついていかなかった。どういう意味かと訊いたのに、それ以上答えが返ってこない。

「とにかくやめとけって。もっといい方法が必ずあるよ」

傷だらけの英雄は少し疲れているように見えた。もうすっかり慣れっこだと言わんばかりに淡々と傷の手当てをしている。そのかげりのある横顔は、前に英雄が校長室で見せた表情と同じだった。自分には負い目があると言っていた、心の中に何かしらの古傷を抱えている顔。

私は英雄のやり方がどうしても納得いかなくて、その日のうちに公平くんに連絡をとった。ラインのＩＤは知らなかったけれど、ショーのことで公平くんの意見を参考にしたいと言うと、英雄はまったく疑うことなくライン上で私たちをつなげてくれた。私は公平くん宛にメッセージを送り、二人で話せないかと持ちかけた。なんだかナンパしているみたいで恥ずかしかったが、別にやましい気持ちがあるわけではない。

私が指定したマクドナルドに、公平くんは時間通りにやってきた。デニムと白のＶネックのＴシャツにグレイの薄手のカーディガンという格好《かっこう》で、自分や周りにいる他校の生徒が学校帰りでみんな制服を着ているせいか、本当に不登校なんだと内心驚く。

「ごめんね、呼び出して」と私は愛想よく言いながら、自分にかっこいい彼氏ができた妄想をした。鎖骨《さこつ》が見えていることもあり、公平くんはこの前よりもちょっとだけセクシーさが増していた。

「ラインでも言ったけど、ちょっと訊きたいことがあって連絡したの」

私は世間話も挟《はさ》まずに呼び出した理由を説明した。その方が変に緊張せずに済むと思ったのだ。英雄からどこまで訊いているのかわからなかったが、どうやらそんなに連絡を取り合っているわけではないようで、私がこれまでの経緯を話しているあいだ、公平くんはずっと気持ちのいい相づちを打ってくれていた。世の女子高生の半分くらいは、きっとこういう男子が自分の側にいてくれたらいいのにと思っているだろう。とにかく英雄とは真逆のタイプだ。きっと普段も英雄が一方的にしゃべり続けて、公平くんが聞き役に徹しているに違いない。

「でね、こっちは散々卑怯な手を使われてるのに、あいつはやり返すなって言うんだよ。『自分の中の正しさを疑わないのは危険だ』って。そんなこと言ってる場合じゃないよね？」

不満を訴えつつも、公平くんと目が合うと、無意識にシナを作っているのが我ながら気持ち悪かった。普段の自分がどうやってマックシェイクを飲んでいたかもわからなくなる。私はアホな妄想を追い払うために強制終了ボタンを連打した。冷静になれ、佐古。そもそもおまえは恋愛にそこまで興味があるわけじゃないじゃないか。

公平くんは私の内なる葛藤《かっとう》についてては気にも留めていないみたいだったが、言っていることはよくわかるとうなずいていた。英雄がそういうふうに考えるようになったのは、自分のせいでもあると言う。

「……話すと長くなるんだけどね、僕と英雄は幼稚園が一緒だったんだ。でも小学校

から は別々になった。僕は親の希望で私立の学校に入れられて、英雄は公立の学校に入学した。僕は英雄以外に友達がいなかったし、人見知りで人付き合いも苦手だった。だから小二のときにいじめられた。相手は大人しい子だったんだけど、すごく陰湿ないじめをするんだよ。物を隠されたり、見えないところをつねられたり、それがあまりにも長く続いたから、耐えきれなくなって英雄に相談した。そしたら英雄が怒ってさ、あの性格でしょ？　俺がこらしめてやるって言うんだよ」

　そうやって息巻く小学生の英雄は私もすぐに想像できた。もともと正義感の強い人間だ。小さい頃からヒーローに憧れていたなら尚更だろう。

「でも僕は暴力が好きじゃなかった。英雄がその子を傷つけるところを見たくなかったんだよ。だから二人で話し合って、担任の先生に相談した。それで一時はおさまったんだ。でも告げ口したのが卑怯だって思われたのか、その子は少ししてから、前よりももっと激しく僕をいじめるようになった。両方の親が呼び出されて、何度も面談があって、先生が厳しく注意したけど、その子はいじめをやめなかった。その代わりお母さんがね、そのいじめっ子の母親が、僕にずっと謝ってくれたんだ。控えめですごく気の弱い人だったから、何回も何回も、こっちが気の毒になるくらい頭を下げ続けてね。だから僕も、最初はその子のことを恨《うら》んでたけど、途中で『もういいや』って思ったんだよ。このままじゃこの件に関わる人全員が疲弊《ひへい》していくだけだって。でも僕がそう言っても、大人たちは止まらなかった。名門校のイメージを守りたいっていうのもあったのか、先生たちはいじめをなくすことに躍起《やっき》になってた。正義って背中に追い風が吹くんだよ。みんな冷静さを欠いてたし、解決することを急ぎすぎた。それで結果的に、その気の弱いお母さんが自殺したんだ。きっと必要以上に自分を追いつめちゃったんだろうね、ノイローゼみたいになってたらしい」

公平くんは落ち着いてしゃべっていたけれど、私は完全に狼狽《ろうばい》していた。急に明かされた重い過去を「そうなんだ」とすんなり受け止められるほど、私は人間が出来ていない。目の前にいる公平くんが抱えている闇《やみ》の深さに怖さを感じている自分がいた。さっきまでは気になっていた他の客の話し声が、いつのまにか遠いものになっている。

「僕をいじめてた子は、お母さんの葬式でいつまでも泣いてたよ。僕はそれを見て以来、学校に行けなくなったんだ。自分のせいじゃない、運が悪かったんだって思おうとしても、どうしても思い出しちゃうんだよ。自分がもっとうまいやり方をしていれば、あるいは自力で解決する方法を見つけていれば、人が死ぬことにはならなかったんじゃないかって」

英雄は幼なじみを守れなかったと言っていた。きっとあいつのことだから、公平くんが苦しまずに済む方法があったんじゃないかと悔《く》やんでいるんだろう。自分が処理できないことにまで責任を感じるのが男の子だなと思う。私からすれば、今聞いた話はまだ大人になっていない私たちが対処できるレベルの問題じゃない。

「そのことがあってから、僕は考えるようになったんだ。こちらが正しいからと言って、その正義を貫《つらぬ》くことは本当に善なのかって。現実的な力を行使すれば、相手に何かしらの傷を残してしまう可能性がある。僕らの生きてる世界は特撮ヒーローの世界とは違う。悪いことをした奴をこらしめて、めでたしめでたしというわけにはいかない」

　だから英雄がいじめをなくしたいと言ったとき、公平くんは直接的に働きかけない方法でやってほしいと言ったのだそうだ。そうじゃない方法で解決できれば、それが理想だと思ったから。

「でもさ、それはちょっと気をつかいすぎなんじゃないの？　過去のことは……たしかに気の毒だったと思うけど、そのときはたまたま不運が重なっただけなんだから、それ以外も全部そんなふうに考えるのはおかしいよ。私は悪いことをした人間には、それ相応の罰《ばつ》を与えて学ばせる必要があると思う。それは全然間違ったことなんかじゃないよ」

「もちろん僕もそう思うよ。でもみんなが学ぶとは限らない。ただ物事を悪くするだけかもしれない。特に相手がこっちの注意をろくに聞かない奴だったら？　そのときに僕らは冷静さを保って事にあたれるのかな？」

玲花の顔が頭に浮かぶ。

「僕は人間の心の中に宿る正義っていうものが怖いんだよ。僕らが正しさを掲《かか》げるときには必ず見えなくなるものがある。相手が自分と同じ人間であることを忘れてしまう。相手の尊厳や、大切なものをないことにしてしまう。それは別にいじめに限ったことじゃないんだ。この世の中にある争《あらそ》いや啀《いが》み合《あ》いはみんなそうやって生まれてる」

公平くんはそれが現実なんだよという目でマックシェイクを眺めていた。

「正しさは人から優しさや思いやりを奪うんだ」

夜、ベッドに入ってからもすぐには眠れず、公平くんとの会話を思い返した。言っていることは理解できるが、あまりにも悲観的だし、過去にとらわれすぎている。でもたしかにひとつの真実を語っているところはあった。最近ネットでよく見る、不正を働いた人に対する異常なまでの叩き方は、背中に正義の追い風を受けるからこそできることなのだ。でなければあんな殲滅《せんめつ》に近いやり方で他人を否定できるわけがない。

その日以来、私は玲花に対する反撃をうまく考えることができなくなった。気持ち的にはすぐにでも報復したいのだけど、公平くんの言ったことが足かせになって、どうしても今の場所から動くことができないのだ。そのため私は、英雄が昼休みのショーのあとで猿たちに殴られるのを、何度も隠れて見るハメになった。助けないのならその場にいても仕方がないのだが、殴られているのを知りながら部室で呑気《のんき》にお弁当を食べているわけにもいかない。

校舎の陰に隠れて毎回防戦一方の英雄を見ていると、自分がクソ弱いボクサーのセコンドにでもなったような気がしてくる。早く終われ、早く終われ、と念を送っているうちに、屋根のついた外廊下を一人の生徒が歩いてきた。誰かと思ったら星乃あかりで、猿たちのケンカに気づいたらしく、足を止めて固まっている。

まずい、先生に報告される。焦った私の予想に反して、星乃あかりは誰かを呼びに行くこともなく、つかつかと男たちに近づいていった。

何やってんの？

星乃あかりの声が聞こえる。猿たちが一斉《いっせい》に振り返って声の主《ぬし》に目を向けた。最初はもちろん悪事を見られたことに対する敵意があったが、彼女の存在は三年生のあいだでもよく知られているからだろう、敵意が好奇心に転じたらしく、猿たちの何人かが興味を示した。星乃あかりが何かを言い、英雄を殴っていた男がそれに返す。

星乃あかりはブレザーの内ポケットから何かを取り出した。慣れた手つきでそれをいじくり、すっと猿たちの方に向ける。ここから見てもはっきりとわかる異物感。急に高まった私の緊張は、それの切っ先くらいぴんと張りつめたものになった。

折りたたみ式のナイフだ。しかも刺《さ》されたら軽傷じゃ済まないやつ。

おまえ何持ってんだよ。

動揺しておののく猿たちの声。それに比べて星乃あかりは、ちっともびびっている様子はなかった。どうやら男たちが怖くてナイフで威嚇《いかく》しているわけではないようだ。私と同じ高二の女子高生とは思えないその落ち着きようは、アニメなどでよく見る冷徹な刑事を思い出させた。使い慣れた拳銃《けんじゅう》をかまえて、据《す》わった目で相手に警告する。それ以上その男に手を出したら、おまえらの命は保証できない。弱者をいたぶっていた悪役たちは、自分が絶対に敵《かな》わない相手だと悟《さと》って冷や汗をかき、「わ、わかったよ」と両手を挙げて降参するのだ。

星乃あかりが一歩前に歩み出る。うしろに下がった猿たちは、一人が逃げたのを皮切りにクモの子を散らすようにいなくなった。たたまれたナイフがもとの場所にしまわれる。

　ぽかんと口を開けていた英雄は、星乃あかりに声をかけられ、二言三言会話を交わした。私も出ていこうか迷ったが、今出ていくと、なんで殴られるのを見ていたんだと不信感を持たれそうだ。どうしたものか判断できずにいるうちに、英雄が周囲を見回して、私を探す素振りを見せた。

「佐古ー、ちょっと来てくれー」

　いないフリをしようと思うや否《いな》や、さらに呼ぶ声が大きくなったので、私は慌てて姿をさらした。バツの悪さを感じつつ歩いていくと、星乃あかりが興味を持った目で私のことをじっと見てくる。

「二人でやってることとバレてたぞ」

　呑気にあぐらをかいている英雄にそう言われても、なんのことかわからなかった。話を聞くと、星乃あかりは英雄のショーに協力者がいることを前から見抜いていたらしい。

「だってやってることが、この人の人間性と合わないんだもん」

　星乃あかりはそう言って英雄を指差した。

「一見子どもっぽい見世物だけど、実は計算されてるし、よく考えられてる。全体を見てる人間が他にいると思うのが普通でしょ？」

　こんなしゃべり方をする子だったのか。物事を見たまま受け入れないところに地頭《じあたま》の良さを感じたが、そんなことよりも、めちゃくちゃかわいい子が間近で目を見て話してくる圧力に負けそうだった。何も悪いことをしていないのに、なぜか謝りたくなってくる。

「でもなんであんなことやってるの？　今の人たちだって、目立つからからんでくるんでしょ？」

　いったいどう答えればいいんだろう。英雄は判断を委《ゆだ》ねるみたいに「どうすんの？」と私を見上げているし、できるならば適当にごまかしたかったが、私を見てくる、この芯《しん》の強そうな目。嘘をついてもバレる気がする。

　私はあきらめてすべてを話した。いじめをなくすために一連のショーをやっていたこと。もうひとつの馬づらのショーは私たちとは関係ないこと。玲花との確執うんぬんは言いかけたけれどやめにした。それは私の個人的な問題だし、余計な詮索《せんさく》をされたくない。

「ってことは、あの大仏に関しては、純粋にいじめをなくすためにやってるってこと？」

純粋かと言われると微妙だ。でもまぁそう言えなくはないだろう。

「それなら私も協力する」

「は？」

「迷惑だったら言って。でも力になれると思うから」


週明けの月曜日、二組の教室の外にできた人だかりの中で、私はあんぐりと口を開けていた。今まで誰ともからまずに一人ぼっちでいた星乃あかりが、一限目のあとの休み時間に英雄と親しげに話していたからだ。彼女は空いていた英雄の前の席に座り、女の子が彼氏に見せるような個人的な笑みを浮かべて楽しそうに会話を交わしていた。教室の誰もが目を丸くして二人を見ていたし、同じクラスの玲花もその例外ではない。さすがにこれには驚いたのか、私の視線にも気づかずに英雄たちに気をとられている。

「ねぇねぇ、あの二人って付き合ってんの？」

「俺のあかりたんが……」

大仏マンの中の人と、美少女転校生の熱愛発覚。私はスマホを引っぱり出して英雄宛にラインを送った。どういうことなのか説明せよ。指令を受けた英雄は、野次馬《やじうま》の一人と化している私にちらりと目をやってから、星乃あかりにスマホの画面を見せている。あぁん？　とメンチを切った私を無視して、二人は何事かを小声で話し合い、ようやく返事を送ってきた。

『こないだ言ってた協力するってやつだよ。授業中に星乃からラインで提案されたんだ。付き合ってるふうに見せることで、人目が引けるんじゃないかって』

……そういうことか。納得よりも不満が大きく、それなら私にひとこと言ってくれたらいいじゃないかと返したくなる。ただやり方そのものは疑いようもなく効果のあるものだった。自分の商品価値を利用した見事な目の引き方だ。気の毒だけど、今日はグラウンドでやっている玲花のショーを観ている人なんて誰もいない。

　その日から日常的に目にするようになった二人の見せかけの恋愛は、時と場所を選ばないゲリラ的なショーとして機能した。やはり恋愛ごとなだけあって、これまでとは違う種類の好奇心が働いている。私や玲花のショーはあくまでも暇つぶしの娯楽だから、みんながリラックスして（悪く言えばだらだらと）観ているのだけど、恋愛ごとは人のプライベートを覗き見している感覚になるのか、観る側に緊張感がプラスされるのだ。そのため関心の強さでは、先行のふたつのショーを圧倒していた。基本的には玲花のショーの日しかやらないとはいえ（英雄が教室にいないと恋愛ショーはできないからだ）、やはり人気で負けるのは悔しいものがある。

　ただ一つだけありがたかったのは、星乃あかりが英雄を殴っていた猿たちを脅したことで、それ以後一切からまれなくなったことだ。まぁあれほど落ち着いた態度でナイフを向けられたら、それも当然かもしれない。誰だって自分を刺すおそれのある女とは関わり合いになりたくないだろう。

『最近星乃さんのかわいさやばくない？』

『俺、こないだ微笑まれたんだけど』

【スタンプ】（ごきげんようと微笑む富豪の女）

『なんか急に優しくなったよね』

『女は男できると変わるから』

『でもホントに付き合ってんの？』

【スタンプ】（？マークを浮かべるベイマックス）

『本人に訊いたら付き合ってないって言ってたけどね』

『んなもん嘘に決まってんだろ！　これ見ろ！　これ！』

【画像】（英雄と星乃あかりが一緒に下校している写真）

『あー』

『うわぁ……』

『これは付き合ってますね』
【スタンプ】（親指を立てるばあさん）
『大仏とセックスしてんのか……』
【スタンプ】（両手を床について落ち込む学生）
『俺のあかりたんがー！』
【スタンプ】（泣き叫ぶゴリラ）

恋愛ショーと並行して、星乃あかりは以前よりも少しだけ社交的になることで生徒の関心を集めていた。これまでの愛想のなさがいい意味でのフリになっているため、「おはよう」と挨拶《あいさつ》をしただけでも恐ろしいほどの威力がある。特に星乃あかりの場合は、そこに見た目の良さが掛け合わされるのだから、ミーハーな生徒たちが取り込まれるのも無理はなかった。ただそのせいで一部の女子たちからはますます反感を買っていて、学校の裏サイトは誹謗中傷で溢れていたし、同じ学年のとある女子グループは、星乃あかりがみんなの目を引くたびに、あからさまに面白くなさそうな顔をしていた。その辺りはどうするんだろうと私は気になっていたのだけれど、星乃あかりは英雄と同じで、自分が嫌われることで他の人に悪意が向かないのならそれでいいという考えであるようだった。

「ちょっと一回話し合った方が良さそうだな」

気候がすっかり秋に変わり、みんなが制服のブレザーを着るのが当たり前になった十月の半ば、英雄は私に声をかけた上で星乃あかりを屋上に呼び出した。恋愛ショーは絶大な効果を及ぼしているとはいえ、彼女がまた悪意を向けられる対象になっている現状は英雄の本意ではなかったようだ。

「俺は望んでやってるからどう思われてもいいけどさ、星乃がわざわざ憎まれ役を買う必要はないだろ？　矢面に立つのは俺一人で十分だと思うんだけど」

これ以上の深入りを遠慮された星乃あかりは、その冷めた目で澄《す》んだ空を見上げながら「いいよ、そんなの」と首を振った。風で乱れた髪を手でおさえる姿が妙に絵になっている。私は英雄の横で何も言わずに事の成り行きを見守っていた。彼女がどういうつもりで味方をしているのか、未だにつかめなかったからだ。

「っていうかそれより訊きたいんだけど、もし私が本格的ないじめにあっても、新島くんは私の味方でいてくれる？」

急な質問をされた英雄が戸惑っている。

「いや、それは全然いいけどさ……」

「だったら何も気にしない。このまま仲のいいフリを続けよう？　それが結果的にはいじめを防ぐことにつながるでしょ？」

この女は英雄に近づきたいだけなんだろうか？　仕事上のパートナーをとられ続けていることに軽い嫉妬を覚えたが、ひとまずそれにふたをして、顔に出さないように努《つと》めた。手の内の読めない相手に対して軽率に感情を見せるのは損、敵か味方か判断するのは、もう少し様子を見てからでもいいだろう。


「チアリーディング部とコラボする？」

またしても屋上に呼び出された私は二人からそう提案された。昼休みのダンスショーが少しマンネリになっているから、ここらで一度、起爆剤を投入するのはどうか。要約するとそういう話で、発案者は星乃あかりだそうだ。

「まぁまずは演出家の意見を聞いてからにしようと思ってさ。星乃が言うには、うちの学校のチアリーディング部って、毎年全国大会に行ってるくらいレベルが高いらしいんだよ。だからコラボすれば、相当クオリティーの高いショーができるって言うんだけど、佐古はどう思う？」

毎度のことだが、もうちょっと段階を追って話をしてくれないか。そもそもなんで転校生の星乃あかりがチアリーディング部のことを知っているのかわからなかった。

「同じクラスの男子に訊いたの。うちの学校で一番実績のある部活はなんだって。実力があるってことは、パフォーマンスのレベルが高いってことでしょう？　だからコラボショー的な形で一緒にやれば、みんなの興味を引ける魅力的なショーができるんじゃないかと思うんだけど」

本人から説明されてようやく呑み込む。たしかにいい手ではあるけれど、自分の仕事を横取りされてしまった気分だった。でもダンスショーがマンネリ気味なのは事実だし、大人数でやるショーは見た目的にも面白そうだ。私は仕事を奪われた不快感とこの案に乗ることのメリットを天秤《てんびん》にかけて、「うーん……いいんじゃない？」ととりあえず肯定《こうてい》することにした。

「でも問題は向こうが受けてくれるかどうかでしょ？」

私が言うと、それについては糸口があると星乃あかりが話し始めた。自分であれこれ調べたらしい。

「チアリーディング部の今の部長、三年生の柚木《ゆずき》さんって人なんだけど、すごく人望のある真面目な人なの。ちゃんと話して真剣に頼めば、考えてくれるんじゃないかと思う。もちろんショーの本当の目的を知られてしまうリスクはあるけど……理由をきちんと説明すれば、他の人には黙っててくれると思うんだよね」

なんだか前にもこんなことがあったなと思い返しながら私は話を聞いていた。英雄が校長先生にすべてを明かして許可をもらうと言ったとき、私はアホかと取り合わなかった。そんなふうに人を信じても、いい結果なんか返ってこないと思ったからだ。でもこうして再び他人を信じてみないかと持ちかけてくる人を前にすると、何に対しても疑いを持つ自分の方が人間としてみみっちく思えた。誰のことでも信じようとする奴はバカだけど、やたらと他人を疑って可能性を潰《つぶ》してしまう奴は、それ以上に魅力がないのかもしれない。

後日、私たちはチアリーディング部の部長である三年生の柚木さんとマクドナルドで面会した。星乃あかりが言っていたように、柚木さんはすごくまともな人だった。下級生の私たちに対しても不遜《ふそん》な態度を取ることはなく、相手の目を見て話を聞き、きちんと自分の意見を述べた。さすが強豪《きょうごう》チームをまとめているだけあって、安請《やすう》け合いは絶対しないし、部のことを一番に考えていた。最近の恋愛ショーの真相も含め、私たちのしていることにそれなりに理解を示した彼女が気にしていたのは、見方によってはおふざけに見えるショーに参加して、部員たちが遊んでいると思われないかということだった。私はその可能性がないとは言い切れないことを認めた上で、不安があるなら断ってもらって構わない、ゆっくりと時間をかけて検討してくださいとお願いした。

「あの、柚木さん」

話し合いが終わるのを引き止めたのは星乃あかりだった。

「決断が難しいお立場なのは、よくわかります。でもどうか、前向きに考えていただけないでしょうか」

しつこくないか、と私は内心思っていた。これ以上の説得は相手を不快にするだけだ。

「……新島くんは私みたいな学校になじめない子の居場所を作ってくれました。彼が一生懸命人目を引いてくれたから、私はみんなから変なふうにからまれることが減ったんです。これまでの学校生活で、初めて呼吸が楽になったんです。私と似たような苦しみを持つ人が、きっとうちの学校にはいっぱいいます。その人たちは自分から声を上げられない。我慢して、嫌だなって思いながら平気な顔して、誰かが助けてくれるのを待ってるんです。だからお願いします。どうかチアリーディング部の力を貸してください」

星乃あかりが頭を下げる。垂れ下がった髪が横顔を隠し、おでこがテーブルに付きそうだった。私は彼女の無愛想さが強がりだったことに驚いていた。同時にこの懸命さに困惑する。愚直《ぐちょく》なまでに自分をさらけだす姿。校長室で深々と頭を下げていた英雄と同じだ。

星乃あかりの最後のひと押しが効いたのか、チアリーディング部は私たちのショーに協力してくれた。部員たちは同じパフォーマーということもあり、英雄のショーにもともと好感を持っていた子が多かったらしい。部長がコラボレーションをすると言ったときは大いに沸いたとのことだった。英雄はチアリーディング部の人たちとプライベートな時間に練習を重ねて本番を迎えた（夜間にママさんバレーをやっている小学校の体育館の一部を貸してもらっていたそうだ）。部員たちに余計な詮索《せんさく》をされるのを防ぐため、私と星乃あかりは一切練習に参加しなかったので、当日は純粋に観客として楽しんだ。

D・A・I・B・U・T・S・U！　大仏！
D・A・I・B・U・T・S・U！　大仏！

鮮やかな赤のコスチュームを身にまとったチアリーディング部の部員たちがグラウ

ンドの中央に駆《か》け足《あし》で集まってくる。その中に混ざっている制服姿の大仏マンは一人だけ明らかに目立っていた。両手に黄色いポンポンを持って快活に踊り始めた部員たちと共に、高々と脚を上げて一糸《いっし》乱れぬダンスを見せている。

もちろん見どころは通常のダンスだけじゃない。チアリーディングの醍醐味《だいごみ》であるスタンツやピラミッドでは、コラボショーならではの大仏ネタを取り入れた大胆《だいたん》なアレンジが加えられていた。ダンスの中盤、四人の女の子にベースになってもらった大仏マンは、普通のチアリーディングではまず見ることのない「あぐらをかいた状態」でトップに上がり（というか四人掛かりで支えてもらい）、鎌倉大仏のように両手を膝の上で組んだ。そして両サイドでスタンツを決めた部員たちを従えて、極楽浄土《ごくらくじょうど》を彷彿《ほうふつ》とさせる光景を作り上げたのだ。観客席の生徒たちがどっと笑い、アイデアの提供者である私も、こんなふうに仕上げてきたのかと嬉しくなった。

煩悩にー！

GO・FIGHT・WIN！（勝て！）

煩悩にー！

GO・FIGHT・WIN！（勝て！）

ネタっぽさを技術の高さでエンターテインメントにまで昇華したそのショーは、本当にお金をとっていいレベルの出来だったと思う。そして言うまでもなく英雄のダンスは完璧だった。それは数日で身につけた動きにはとても思えず、最後には宙を舞って開脚するトータッチという大技まで決めてみせた。

「あー……すげー楽しかったなぁ」

無事にコラボショーを終えたあと、英雄は私にそう漏らした。鳥の羽根のような雲が散らばっている青空の下、屋上のコンクリートの床に寝転んでいる英雄は、精一杯やった清々《すがすが》しさを含んだ疲れの中にいるようだった。

「……俺さぁ、今までずっと、自分が学校の平和を守るんだって思ってたんだよ。でも別にそんなことしなくても、星乃と友達になったりさぁ、今日みたいに、みんなと何かを一緒に作り上げることで生まれる平和もあるんだなーって思ったわ。……一人で抱えすぎてたのかな？」

英雄がこちらに顔を向ける。私も似たようなことを思っていた。ショーが大成功に終わったとき、英雄とチアリーディング部の部員たちが笑顔でハイタッチを交わしているのを見て、私は軽い疎外感《そがいかん》とともに自分の小ささを感じたのだ。別に二人でも面白いショーを作れると思ってこれまでやってきたけれど、それで手に入ったのは、ほんのわずかな優越感だけだった気がする。

「ねぇ、今日のやつ、動画撮ったんだけど、公平くんにも送ってあげない？」

「公平に？」

「うん。動画を観て何が変わるってわけじゃないだろうけど、なんていうか、一つの成果としてさ。さっき言ってたこととかも、ちゃんと全部伝えてあげなよ」

マクドナルドで話したときに触れた闇の深さを今でもよく覚えていた。あのまま彼を一人にしておくわけにはいかない。

「今の私たちが見てる景色を、公平くんにも見せてあげなきゃ」


一度一緒にやったことで仲間意識ができたのか、チアリーディング部の人たちはその後も何かと私たちのショーに協力してくれた。ダンスショーをやるときにグラウンドまで降りてきて声援を送ったり、グループの楽曲を踊る際にメンバーとして加わってくれるようになったのだ（AKBの楽曲をやるために、AMD48「アミダ48」も結成された）。部員数が多く、学校の中でも一目置《いちもくお》かれている彼女たちを味方につけたおかげで、大仏マンは学内での人気を不動のものにし、今ではそれこそ学校のミッキーマウス的な存在になっていた。単なるお調子者ではなく、決めるところをきちんと決めるエンターテイナーだったことも、支持を集める理由になったのだろう。

一方で、玲花の馬太郎物語はすっかり人気を落としていた。そもそも玲花のショーの出演者は演技経験のない素人だから、才能のある英雄や毎日練習をしているチアリーディング部の人たちに比べると、どうしてもパフォーマンスに差が出てしまう。それをどうにか引っぱっていた玲花の脚本を書く力も、今の私の立場から見ると、独《ひと》りよがりで閉塞的《へいそくてき》なものに感じた。ダンスショーを他の生徒と協力してやっているから余計にそう見えるのかもしれない。

人気の低迷はそのまま観客の減少につながり、玲花のショーがある日の教室は、いつしか昔と同じ状態に戻ってしまった。窓際に寄りつく人はなく、誰もが自分の仲のいい友達とだけつるんでいる休み時間。中身のない会話や笑い声が飛び交う中で、立場の弱い者がいじられ、周りになじめない生徒が無視されることによって孤立していた。ずっとショーをやっていたからしばらく忘れていたけれど、この平和に見えて実際には何の慈悲《じひ》もない空気が本来の教室の空気なのだ。

もちろんショーに関しては、こっちが好きでやっていることだから何も文句を言う必要はない。でも面白いものだけに反応し、つまらないものには見向きもしない生徒たちの在《あ》りように、私は強固で強大な正義を感じざるを得なかった。ここにいる人たちは、みんな自分の中にある正しさを疑おうとしない。それどころか、そういうものが自分たちの中にあることすらきっと気づいていないだろう。でも本当はそれがいじめを生んでいるのだ。自分が何かを選別して切り捨てているとも思っていない人たちが、結局のところ集団の中に弱者を生み出し、いつ人が痛めつけられてもおかしくない状況を作り上げている。

教室の窓際の席では、友達と昨日のお笑い番組の話をしている男子生徒が、以前私たちが作ったグッズのうちわの紙の部分をびりびりとちぎって遊んでいた。別に悪意があるわけではなく、単にもう不要だからという理由なんだろうけど、そこにためらいがないからこそ、その行為には小さい子どもの残酷《ざんこく》さに似た、ある種の正しさが宿っているように見えた。私はたぶん、ずっとこれに戦いを挑《いど》んできたのだ。人が誰しも意図せずに振りかざしてしまうこの正しさに、いつか私たちのやっているショーも負けてしまうんじゃないかと思えるのは気のせいだろうか？

最近は英雄と星乃あかりが屋上で一緒に昼ご飯を食べようと誘ってくれるのだけど、私はそれを断って、未だに部室に通っていた。二人の関係を見て気をきかせているわけではないし、変な遠慮をしているわけでもないのだが、あの二人といると、どうしても自分だけが異なる世界の人間だと思えてくるのだ。私は北校舎の階段を上がり、文化祭の公演で使う完成間近のセットが出されている廊下を進むと、部室の鍵の隠し場所に手を伸ばした。するとあるはずの鍵が見当たらず、部室に誰かいるらしい。閉まっていた引き戸を開けると、振り返ったのは玲花だった。制服姿で机の上に座って、昔使った小道具のピストルをいじっている。

「久しぶりだね」

学校で姿は見ていたけれど、本当にそんな感じだった。普通に話しかけてもらえたことに今さら戸惑う。玲花が視線を前に戻したので、私は少しためらってから敷居をまたいだ。一緒の空間にいるだけで、玲花の空気としか言いようがない懐かしさに包まれる。

「私ね、ショー続けられなくなっちゃった」

部室の中はしんと静まり返っている。私はどこにも座らずに、入ってすぐのところに立っていた。今の私たちにはそこが適切な距離に思えたからだ。

「演者のバイト代にママからお金もらってたこと、パパにバレて怒られちゃったの。だからもう続けられない。鈴の勝ち。おめでとう」

玲花は私を見てにっこり笑った。別に嬉しくもないし、なんなら私も敗者の一人だ。だいたい私のやっているショーは、もう私だけのショーじゃない。

自分が英雄といることで得たものを伝えてみたかったけれど、それすらも余計なお節介《せっかい》であるように思えた。

「なんで私が張り合ったんだろうって思ってる？」

ずっと考えていたことを急に訊かれて、まるで心を読まれたみたいだ。きっと私たちは考え方が似ているんだろう。

「私ね、一年生のとき、新島くんのことが好きだったの。それで告白したんだけど断られた。恋愛には興味ないからって」

心臓の音が速くなる。たったひとつの秘密が明かされただけで、すべての謎が解けた気がした。私が玲花の立場だったら、と仮定してみればわかる。一番の親友が、自分の好きな人と仲良くなった。同程度の実力だと思っていたのに、英雄は自分ではなく親友を選び、その親友は「ショーがうまくいった」だの「自分は巻き込まれている」だのと勝手なことばかり言って騒いでいたのだ。しかも私は、玲花に一緒にやらないかと持ちかけている。知らなかったとはいえ、そのすべてはいちいち玲花の心をえぐって傷つけていたのだろう。

「でもさぁ、やっぱり納得いかないんだよね。そっちのショーが今の地位を築いたのは、同時にやってた私のおかげもあったわけじゃない？　なのに結局は、全部そっちが回収しちゃって、私だけ一人で取り残されるんだもん。なーんかがんばった甲斐《かい》なっていうか、こんなんだったら初めからやらなきゃよかったなぁ」

玲花がおもちゃのピストルの銃口を上に向け、かちんかちんとシリンダーを回転させる。私が何かを言ったら、勝者からの憐《あわ》れみだと思うだろうか。口の中が渇《かわ》いて、うまく言葉が出てこなかった。

「だから決めたの。あんなショーできなくしてやるって。アイデアはいっぱいあるんだよね。前はアホな三年生たちが勝手に妨害したから、今度は私が自分の手でやるつもり」

「どういうこと？」

頭が混乱した。「あれ玲花がやったんじゃないの？　三年生に頼んで、英雄のこと殴らせたんでしょ？」

「はぁ？　そんなことしないよ。あいつらは三年生のナントカさんって女の人が新島くんのファンになったとかで、その彼氏が嫉妬して怒ってたんでしょ？　私はたまたまそういう話を聞いてただけ。何？　あれも私の仕業だと思ってたの？」

本当に違うらしい驚きの混《ま》じった言い方に、自分が青ざめていくのがわかる。証拠はないんだろ？　と私を引き止めた英雄の顔が思い出された。玲花はわざとらしくため息をついて、「私って見下されてるんだねー」とあきれていた。

「ねぇ、玲花。ごめん、知らなかったんだよ。玲花だってさ、いろいろ言ってくれなかったでしょ？　話してくれれば、私だって最初からあのショーに協力したりしなかった。ちょっとしたすれ違いがあったんだよ。だからそんなふうに怒らないで」

「何言ってんの？　なんで今さら謝るの。散々私のこと傷つけといて、一度来た道は引き返せないんだよ。そんなこともわからないの？」

「わかってるよ。だからごめんって謝ってるじゃん。でももうやめよう？　どっちが悪いとかじゃなくて、私たち二人とも間違ってたんだよ。お互い自分のことばかり考えて意地張ってただけでしょ？　もうそんなのやめようよ。自分の正しさに固執したら、どんどん独りになってくだけだよ」

「なにそれ」

玲花はなぜか笑い始めた。紺色のブレザーに包まれた華奢《きやしや》な背中が揺れている。

「偉そうに説教するんだね」と玲花は言った。私の言葉は届かなかったようだった。

「自分が正しさを捨てられる人間だとでも思ってるの？　今だって私を諭《さと》そうとして

るし、これまでだってずっとそうだったんだよ？　鈴は自分の中にある正しさを放棄《ほうき》できるような人間じゃない。それは私が一番よくわかってる」

玲花は脇に置いてあるバッグから何かを取り出した。Ａ４サイズの紙をダブルクリップで束ねたもので、私にそれを見せつけたいのか、顔の横でバサバサと振っている。

「これ、私が書いた脚本。ケンカする前にできてたんだけど、見せる機会なくなっちゃった。ほら、これ見たら、体うずくでしょ？　自分の演出で、みんなを面白がらせたいって思うでしょ？　自分の作るもので他人の心を支配したいと思ってる人間に、正しさを放棄できるわけないじゃない。あなたは永遠にそれに縛《しば》られる。自分の正しさから逃げられない」

心臓を貫かれた気分だった。何も言い返すことができない。

「だいたいさぁ、最近やってる他の部活とのコラボだって、あれ本当に面白い？　ショーとしてよく出来てても、鈴って、ああいうみんなで仲良くみたいなの嫌いでしょ？　見ててイラつかないの？　私はすごいイラつくよ。あんなふうに群れて、一人じゃ何もできないくせにね」

玲花はそう吐き捨てると、脚本を荒っぽくバッグに突っ込んで机から降りた。もう十分話したのか、おもちゃのピストルをその場に残して、迷いのない足取りで歩いてくる。私は自分が言える言葉を探した。このまま彼女を行かせてしまえば、英雄のショーがまた妨害されてしまうかもしれない。

「あれはあれでいいんだよ」

足を止め、ちょうど真横に並んだ玲花は少しのあいだ黙っていた。「どういう意味？」と真意を計《はか》り兼《か》ねたように訊いてくる。

「別に私が苦手でも、みんなが喜んでくれるならそれでいい」

「嘘つき。そんなこと思ってもないくせに」

「思ってなくてもいいんだよ！　いつまでそこにとどまってんの⁉」

勢い余って玲花の両肩を強くつかんだ。拒んだ彼女が私のことを強い力で突き飛ばす。その瞬間、頭の中で何かが切れて、大きな声を上げていた。自分でもわけのわからないことを言いながらつかみかかり、そのまま取っ組み合いのケンカになる。バッグが弾き飛ばされて床に落ち、玲花の手に思い切り顔をつかまれた。自分の気持ちが止まらない。なんで私たちはこんなにも憎み合っているんだろう。こんなこと全然望んでないはずなのに、玲花が憎くてしょうがない。

まくれ上がるスカートも気にならず、馬乗りになろうとしたところで、蹴られてうしろにすっ転ぶ。距離が空いたことでようやく互いに動きが止まった。激しい息づかいが続く中、へたりこんでいる玲花は、ぼさぼさになった髪の隙間《すきま》から覗く目で私のことをにらんでいる。

「……手ぇ上げるとか、最低だね」

玲花は乱れた髪を直して体を起こすと、落ちていたバッグや飛び出していた脚本をかき集めて入り口へと走っていった。荒っぽい足音が消え、代わりに自分の心臓が鼓動を打つ音が聞こえる。私は呆然とその場に座り込んでいた。体に大きな穴が空いてしまったみたいにうまく力が入らない。

蛇口《じゃぐち》から出る水が、手の甲に当たってはじかれながら伝い落ちていく。水から外して見た傷口は、思ったよりも深くてまだ血が止まっていなかった。もう一度静かに水に当てて歯を食いしばる。今になって体のあちこちがずきずき痛んだ。

誰かが階段を降りてくる音がしたので、私は焦って蛇口をしめた。その場を離れようとしたとたん、「佐古さん?」と声をかけられる。数メートル離れたところに星乃あかりが立っていた。図書室に行っていたんだろうか、数冊の文庫本をたずさえている。彼女は動かない私を不審に思ったらしく近寄ってきた。慌てて手を隠したが、もう遅い。

「どうしたの、この怪我」

「あー、うん、ちょっとね……」

「保健室、行こう？」

傷のない方の手をつかまれる。引っぱられると、ずきりと足に痛みが走った。私がうめき声を上げたのを見て、星乃あかりが身をかがめ、スカートの裾をまくり上げる。彼女はすっと懐《ふところ》に入ってくると、「つかまって」と私に言った。ふわりといい匂いが鼻をかすめる。

保健室には明かりが点いていたものの、養護の先生は不在だった。壁際に並んでいる水色のカーテン付きのベッドも二つとも空いている。

「勝手に使ったらダメかな？　一緒に怒られてくれる？」

星乃あかりは部屋についている洗面台で、簡単に手を洗ってから私を椅子に座らせた。キャスター付きの棚《たな》の上にある白いプラスチックのケースを開けて、手当てのできるものがないか探している。

「ほら、手、出して」

処置の途中で私が顔をゆがめると「痛い？」と訊かれはしたけれど、ペースがゆるむことはなかった。ずいぶん手つきが慣れている。続けて脚を見せるよう、とんとんと膝を叩かれた。

「誰かとケンカしたの？」

制服のスカートが汚れていることに今さら気づく。「言いたくないなら別にいいけど」と星乃あかりは続けて言った。私は答えに窮《きゅう》したまま、星乃あかりの整った顔をチラ見していた。話したくないわけではない。でもどこから説明すればいいのかがわからないのだ。

手の甲だけは傷が広範囲だったため、最後に包帯が巻かれた。くるくると巻かれていく真っ白な包帯は、どういうわけか私の気持ちを落ち着かせた。

「……星乃さんはさ」ぽろりと勝手に言葉がこぼれる。

「ん？」

「星乃さんは、なんでナイフなんか持ってるの？」

自分の中では自然に訊いたつもりだったのだけど、よくよく考えてみると、ずいぶんぶしつけな質問だった。少し面食らった様子の星乃あかりが苦笑している。「うーん、そうだな」と彼女はしばらく言葉を探した。

「……自衛のため、だと思ってたんだけどね。違ったみたい。弱いからかな」

「弱い？」

「うん。私ね、小学生のとき、ひどいいじめにあってたの。持ち物を壊されたり、怪我させられたり、ほんとに毎日つらくてさ、死にたいってずっと思ってた」

口には淡い微笑みがあった。あまりにもさらっと言われたのでどういう反応をすればいいかわからなくなる。

「でもあるときから――映画の影響だったかな？――内緒《ないしょ》でナイフを持ち始めて、それで気が楽になったの。いざとなれば自分にはこれがある、私の方が強いんだって思えたから。それ以来、お守りの代わりにしてずっと持ってた。今でもたまに変な人にあとつけられたりするからね」

グラウンドで聞き覚えのある音楽が鳴っている。英雄のダンスショーが始まったみたいだった。今日はチアリーディング部の女の子四人と嵐の曲を踊るはずだ。

「でも、そうやって、自衛だとかお守りだとか言ってるうちに、いつからか自分の心が刃物と同化しちゃってた。誰のことも信用できないから、心を閉ざして、周りの人を拒絶して……」

転校してきたばかりの星乃あかりのことを思い出す。ひやりと冷たい目の印象が今でも記憶に残っていた。あのときに比べたら、ずいぶん表情が柔らかくなっている。

「他人を否定せずに受け止めるのって難しいよね」

星乃あかりは椅子に座ったままグラウンドに目を向けていた。

「でも新島くんと出会って、そういう人がかっこいいと思うようになった」

いつのまにか手当ては終わっていた。手の甲にはきれいに包帯が巻かれている。傷口が見えなくなったせいか、痛みはどこかに消えていた。

＊

かなりの高音まで出るボーカルの男子生徒の声が、迫力のあるエレキギターやドラムの音とからみ合う。普段からこのメンバーでライブ活動を続けているだけあって、軽音部の三年生たちの演奏はそれなりのレベルのものだった。観客である生徒たちの盛り上がりが、私のいる舞台袖から見えなくても伝わってくる。やはり文化祭というのは生徒たちにとって大事なお祭りなのだろう。会場は体育館だし、照明なんかもそこまでちゃんとしたものではないけれど、そういうのは学生ならではの手作り感やいい意味での不完全さとして逆に味わいになっていく。

ステージとは対照的に薄暗くなっている舞台袖では、出番待ちの英雄が座った状態で脚を開いてストレッチを続けていた。気負いのないその様子を見ていると、自分が緊張しているのがバカみたいに思えたが、演出家としては頼もしくもある。私は手の甲のかさぶたのあとを触りながら演奏に耳を傾けた。ピンク色のかさぶたのあとはぷにぷにしていて気持ちよく、ここ最近、触るのがすっかり癖《くせ》になってしまっている。

最後のキメで音がジャーンと合わさると、ボーカルが「せんきゅー！」と高らかに叫んで締めた。ライトが消えて、舞台上が暗転する。軽音部の部員たちが楽器を持って戻ってきたので、私も舞台に出ていってアンプやドラムセットの撤収《てっしゅう》を手伝った。数日前に昼休みのショーで軽音部とコラボしたので、今ではそれなりに話せる仲になっている。数分ほどで舞台の上がきれいになると、三年生のドラムの男が「ありがと」と私に笑顔を向けた。

「……続いては、みなさんお待ちかねの大仏マンによるダンスショーです」

司会進行の女子生徒の声がマイクを通して響き渡る。ぱんぱんと両手で頬を叩いた英雄が、暗闇《くらやみ》の中を舞台の中央まで進み、大仏のマスクをかぶってスタンバイした。いつものラジカセよりもずっと大きい体育館のスピーカーからノリのいい音楽が再生され、櫻井くんの「ティキソウウソウ」の声が流れ始める。私はタイミングの指示を出すために舞台袖の階段を降りて、客席の脇にある音響ブースへと移動した。ステージでまばゆいライトを浴びて踊っている英雄に観客が手拍子を送っている。

はじけりゃいぇー　すなおにぐー　だからちょいとおもいのはぶぅー　ざっつおーらい　それでもじだいをきわめる　そうさぼくらはすーぱーぼーい　うぃーあーくーる　やなことあってもどっかでかっこつける　やるだけやるけどいいでしょ？
ゆめだけもったっていいでしょ？

歌のラップ部分が終わり、ギターの短い間奏が入る。普通ならこのあとサビが来るのだが、曲は軽音部の人たちに頼んでいじってもらっていた。まるでそれ以上進まなくなったみたいに、一度で終わるはずのギター音が何度も何度も繰《く》り返《かえ》される。

ここからが今回のメインイベントだ。

勢いよく舞台の前に出た英雄が、誰かを探すように目の上に手を当てながら客席をぐるりと見回した。客席がどよめき、英雄が会場のある一点をびしりと指し示す。それと同時にスポットライトが白い一筋の光を走らせ、ぱーんと校長先生を明るく照らした。みんなの視線を一身に浴びた校長先生は、椅子から立ってけわしい顔で「私ですか？」と自分のことを指差している。舞台の上で英雄がうなずき、上がってこいよ、とプロレスラーのように手招きした。

「えっ、嘘？」
「校長先生？」
ギター音がループする中、スーツ姿の校長先生が駆け足で舞台に上がってくる。顔には緊張の色がありありと浮かんでいたが、すでに覚悟は決まっているようだった。二人が舞台の中央に並んで立つと、英雄が私に合図を送る。一日限りのスペシャルユニット。大仏マンと校長先生の「ふたり嵐」だ。

ゆあまいそうそう　いーつもすぐそばにある
ゆずーれーないよ　だれもじゃまできーない
かーらーだーじゅうにかぜをあつーめて　まきおーこーせ
あらしー　あらしー　ふぉーどりぃーむ……♪

まさかの校長先生とのコラボに客席は大盛り上がりだった。弾けるような笑い声があちこちで上がり、この珍しい光景を記録しようと、何十人もの生徒がスマホのカメラを向けている。何も知らされていなかった他の教師たちもさぞかし驚いているだろう。ダンスは特訓《とっくん》の甲斐もあって快調だった。校長先生はときおりフリを間違えつつも、どうにか必死で曲についていっていた。一部の生徒たちは自前のサイリウムやペンライトを振っていて、ステージの上の二人がダンス中に決めポーズをするたびに、悲鳴に似た黄色い声を上げている。リズムに乗って体を揺らす生徒たちは、みんな一様に黒い影となって観客席に荒れた海原のような波を作っていた。

私は大きなうねりと化した観客たちを傍目《はため》に見ながら、なんだか不思議な気持ちになった。この人たちはひとつの集団を作ってはいるけれど、きっと自分以外の人のことなんて何も考えていないのだ。ただ一人一人の「楽しみたい」という欲望が集まっているだけで、それがたまたまこの場所に一体感を生んでいるにすぎない。

でもだったら、ステージ上にいる英雄はどういう存在なんだろう？　みんなの欲望を受け止めて、その裏ではいじめられっ子を守るために戦っている正義の味方か？　いや、英雄だって自分の欲望を押し付けているはずだ。ただあいつが違うのは、ちゃんとそこに自覚があること。おそらく英雄は、自分の欲望をぶつける相手が、切れば血の流れる人間であることをきちんとわかっているのだろう。

「面白かったよ。でもよく校長先生を口説《くど》いたね」

観客席で私たちのショーを観ていた公平くんは苦笑していた。うちの学校の文化祭は一般の人も観覧できるため、「ぜひ観に来てよ」と私が事前に誘っていたのだ。舞台上では、三年生の男二人が、派手なジャケットを着て漫才《まんざい》を披露している。あの盛り上がりのあとでの出番はちょっと可哀想《かわいそう》だったけど、二人はそのことをうまくネタにして、すべりながらも客席の笑いをとっていた。

「私もやりすぎかなとは思ったんだけどね。ダメ元で打診してみたら、ぜひやらせてくれって向こうが言ってくれたから」

せっかくの文化祭だから、みんなに楽しんでもらうために何か特別なことがしたい。英雄にそう言われて私が考えたのが今回のコラボショーで、校長室で私と英雄から提案を受けた校長先生は、初めは当然うろたえていた。でも三十秒ほど一人で黙って考えたあと、眉間のしわをふっとほどいて「わかった」と承諾《しょうだく》してくれたのだ。その日から本番までの一週間、英雄と私と星乃あかりの三人で、校長先生のご自宅に毎日お邪魔させてもらって、ずっとダンスの練習に励《はげ》んできた。

「それも英雄から聞いたよ。すごいよね。校長先生が自宅に招いてくれるなんて」

「その方が助かるって言われたの。まぁたしかに学校の責任者が夜の公園とかで生徒とダンスの練習してたら、お巡《まわ》りさんに見つかったときに厄介なことになるからね。でも奥さんがすごい素敵な人でさ、いつもデザートとか出してもてなしてくれるから、私、途中からそれ目当てになっちゃった」

小さい頃に何度か行ったことがある、田舎《いなか》のおじいちゃんの家に似た風情《ふぜい》のある日本家屋《ほんかおく》で、私たちは短い合宿のような日々を過ごした。英雄と校長先生はジャージに着替えて庭でダンスの練習をし、私と星乃あかりはそれを撮影したり、日に日にボロボロになっていく校長先生の体をマッサージしたりした。今振り返れば、あれはとても青春っぽい日々だったなと思う。

「でもさ、なんで校長先生はそこまで協力してくれたんだろうね。なんか前に聞いたときは話したくないって言われたんでしょ？」

「あぁ、それなんだけどね……私、ダンスの練習中に訊いたのよ。ホントに言いたくないんだったら構いませんけど、やっぱりずっと気になってるんで、もし良かったら教えてもらえませんかって」

「それで？」

「詳しくは話してくれなかったけど、自分は長い教師生活の中で、いじめの問題に対して何もできなかったっていう思いが強かったんだって。それで私たちからの提案を受けたときに、初めて何かができるかもしれないって思ったらしいの」

そのことを話してくれたときの校長先生の横顔が今でも胸に残っている。両脚のふくらはぎに湿布《しっぷ》を貼っていた校長先生は、自分の仕事と長年向き合ってきたがゆえの疲労を蓄積《ちくせき》しているみたいに見えた。きっとそこには、高校生の私には理解できないたくさんの痛みがあったのだろう。「でももちろんそれだけが理由じゃないよ」と校長先生は笑って言った。学校を取り仕切る人間として、そんな個人的な自責《じせき》の念でショーを容認することはできないからだ。

「君たちの提案を受けたのは、君たちの提示した方法が『生徒の居場所を作るもの』だったからだ。君たちはショーをやることで人目を引いて、弱い立場の生徒に悪意を向けさせないと言った。それはつまり、教室の中にどうしても生まれてしまう差別的な空気を、言わば換気して取り払うということだ。理不尽な扱いを受けている生徒が、本来の自分のままでいられる環境を自然な形で作り出す。私はそこがいいと思った。

いろんな意見があるだろうけど、私は学校で一番大事なことは、生徒一人一人の居場所があることだと思ってるんだよ。教室でも、部活動でも、図書館でも保健室でもいい。それが一人の友達だっていいんだ。学校に自分の居場所があれば、生徒たちは学校に来る。別に学校に来ることがすべてではないけれど、嫌なことさえなければ、ほとんどの子どもは学校に行きたいものだからね。だから何よりも居場所を作ることを優先するように私は心がけてきた。でもただそれだけのことが難しい。保健室にいたいならずっといればいいと言うと、甘やかすなと批判が来る。集団になじめない生徒を特別扱いして、規律が乱れたらどうするんだと言われるんだ。もちろん一理あるとは思う。でも自分ではうまく居場所を作れない子だっているんだよ。居場所があるということが、その生徒にとってどれだけ大きな意味があることなのかが理解されない。私は前から思ってるんだが、居場所というのは、その人の幸せそのものなんだよ」

校長先生はうつむいて、「すまん、生徒に愚痴《ぐち》ってしまった」と頭を搔いた。

「とにかく私が文化祭でのダンスを引き受けたのもそれが理由だ。こういう変な校長がいることで、生徒たちが学校を好きになってくれるなら、それ以上のことはない。まぁ、すでに居場所のある真面目な大人たちからは怒られるかもしれんがね」

公平くんは私の話を聞いて何かを思い返しているようだった。観客席から笑い声が上がる中、文化祭のプログラムを手に持ったまま「居場所か……」と漏らしている。

「……僕、ちょっと反省してたんだ。『正しさは優しさや思いやりを奪う』って、前に佐古さんに言ったでしょ？　僕はきっとあの言葉を言うことで、周りの人を、特に英雄を強く縛ってたんだろうなって思うんだよ。正しさは良くないなんて言っておきながら、自分の考えを押し付けて英雄の居場所を奪ってたのは僕だった」

公平くんがまた内にこもりそうだったので、「そんなことないよ」と首を振った。「その一言があったから、今みたいな形でショーができてるんだよ。公平くんが人を傷つけることの怖さを教えてくれなかったら、私たちがこんなふうに結びつくこともなかったと思う」

「ホントに？」

「うん。公平くんがみんなの居場所を作ったんだよ」

文化祭の二日目は模擬店《もぎてん》などが開かれ、午後から体育館で公演をやった演劇部は、結局玲花を欠いたまま本番を迎えた。一応ラインであの日のことを謝りはしたのだけれど、既読になっただけで返事が来なかったのだ。エレベーターに閉じ込められたOL（高田先輩）のもとに、ばらばらの会社から十人の整備士がやってくる話。彼らは自分こそが担当の整備士だと言い張ってOLを助けようとするのだが、互いに足を引っ張り合い、事態はますます混乱していく。間口の広いコントチックな設定から演劇に持っていく、玲花の得意な舞台転換のないドタバタ喜劇だ。

観ている側にはわからなかったかもしれないが、はっきり言って、出来はあまりよくなかった。精一杯稽古はしたし、持てる力はすべて発揮したけれど、やはり玲花がいないことの影響は大きかったのだ。具体的に言えば、私が判断に迷ったときに、納得のいくアドバイスをしてくれる人間がいなかった。そしてそれは演出上の迷いとなり、舞台の上に時折ごまかしたような空気を持ち込んだ。

「すみませんでした、劇のこと」

放課後、セットのバラシをしているときに私はそう切り出した。鼻を鳴らして笑った高田先輩は、「なんで謝るの」と言いながら、ベニヤ板に打ち付けられた釘をなぐりで引っこ抜いていた。

「だって大事な卒業公演なのに、私と玲花のケンカのせいで、満足のいくものができなかったじゃないですか」

「そんなことないよ。みんなよくやってた。一年の子たちなんてすごかったじゃない。セリフも一回も間違えなくてさ。私、ちょっと感動したもん」

それは大げさな褒め言葉ではなくて、たしかに一年生の子たちはがんばってくれていた。途中で玲花が抜けたことでいろいろ不安もあっただろうに、黙って私の演出を聞き入れて、連日の稽古に励んでくれたのだ。

「私は良かったと思ってるんだ。うちの部はみんな、あんたたち二人に頼りすぎてたからね。鈴には黙ってたけど、稽古中に一年の子たちに言ったんだよ。玲花はいないけどがんばろう、今まで楽をさせてもらった分、自分たちで考えようって」

「そうなんですか？」

「うん。まぁあんたたちほどにはできないけどね」

この人はなんでこんなに他人に優しくできるんだろう。世の中にはもともと人間が出来ている人がいると言えばそれまでだけど、私は結局この人に守られて部活をやってきたような気がする。

次の日の放課後に高田先輩のお別れ会が開かれると、それで一応一区切りがつき、部活はまた通常の稽古へと戻っていった。文化祭が終わってしまえば、次の公演の機会までは時間が空く。新しい劇の稽古も始めたが、今までみたいにオリジナルの脚本がないので、戯曲《ぎきょく》を使ってやっていた。自分としては物足りないけど、あるものでやっていくしかないのだ。

部室で行われたお別れ会では、制服でやってきた高田先輩に、二年生の私が代表して花束と寄せ書きを渡した。高田先輩は照れくさそうにはにかんで、感謝の言葉を口にした。自分が悔いのない部活動をすることができたのはみんなのおかげです、本当にありがとう。一年生の中には泣いている子もいて、私も寂しさを感じたし、屋台骨《やたいぼね》を失った気持ちになった。これでもう上級生は自分しかいない。玲花も高田先輩もいなくなった今、こんな私が一年生をひきいていけるんだろうか。

稽古中にふと目をやった部室の窓の向こうでは、校内の木がすでに葉を落として剝《む》き出《だ》しの枝をさらしていた。なんだか自分だけが前に進めていない気がする。英雄は文化祭が終わって以来、玲花のショーの穴埋めをするために、二日に一回だったショーを毎日上演しているし、星乃あかりは同じクラスの女の子の友達ができて、つい先日弓道部《きゅうどうぶ》に入部した。公平くんはフリースクールを辞め、都内にある私立の学校に通うための準備をしている。どうせならうちの学校に来ればいいじゃんと英雄が誘ったのだが、公平くんはそれは甘えになるからと言って断った。

「自分の居場所は自分の力で作りたいんだ」

その言葉はなんだか私まで嬉しくさせるものだったけれど、だからこそ余計に私は、自分自身がまだ新しい一歩を踏み出せていないことを実感したのだ。そもそも私は演劇部の部長がつとまる器《うつわ》じゃないし、三上先生にも釘を刺された。一年生はおまえのおもちゃじゃないんだからな、独裁体制を築くなよ。わかっていても、私は人を見下す癖があるから、なかなか高田先輩のようには振る舞えない。

あなたは自分の正しさから逃げられないのよ。

玲花が言った通り、私は私の中にある正しさを放棄することはできないだろう。事実私は、今もこの演劇部の日常に退屈していて、できるならば玲花に戻ってきてほしいと思っている。ありものの戯曲でやるのではなく、玲花の書いた脚本で、二人で意見をぶつけあいながら演劇を作りたいと思っている。なんだかんだ言っても、演劇は面白くないと意味がないのだ。ありものの戯曲では本領が発揮できないし、きっと一年生たちだって、どうせやるなら観た人たちが「面白かった」と拍手してくれるものをやりたいと思っているだろう。

瞬く間に組み上がった自分なりの正論が、結局はエゴだと気づくまでにそんなに時間はかからなかった。己《おのれ》の学ばなさにため息が出る。そうやって個人の欲望を一方的に通すのは、部長というみんなの居場所を作らなきゃいけない立場の人間がすることじゃない。

「ごめん、ちょっと集まってくれないかな」

休憩に入っていた一年生たちが腰を上げて私のところにやってくる。決してきちんと統制がとれているわけではなく、今も隣同士でじゃれ合ったりにやついたりしているけれど、演劇に対しては真面目な子たちだ。何よりこうして声をかければ、話に耳を傾けてくれるのは本当にありがたいことだった。

「みんなに話しておかなきゃいけないことがあるの。玲花が部活を辞めたのは、私とケンカをしたからなんだ。そのことで、みんなにも迷惑をかけたと思うから、謝らせてほしい。ほんとにごめん」

私を囲む半円の輪は沈黙している。言うべきことは言ったと思う一方で、物足りなさも感じていた。謝ればそれでいいんだろうか。でも、今私の胸の中にある思いは、単なる自分の希望にすぎない。

「……あのさ、みんなはどんな演劇がしたい？　これからはたぶん、戯曲を使ったものをやっていくことになるんだけど、私はオリジナルの脚本がある方が面白いと思ってるんだ。だから、もしみんなが同じように感じてるなら、玲花を引き戻すために、みんなの力を借りたいっていうか……」

心の中で、違うだろ、と自分を叱る声がした。こんな回りくどい誘導じゃなくて、私がすべきなのは――

「お願い。助けてほしいの。私は高田先輩と違って、まだ部のこともうまく考えられないし、玲花をここに戻したいのも、私個人の願望だけど、私一人じゃ、もう玲花との溝を埋められないの。自分勝手な部長でホントにごめん。でもお願いします。みんなの力を貸してください」

私は立ち上がって頭を下げた。英雄も、星乃あかりも、誰かにお願いをするときは真剣に頭を下げていた。恥ずかしがっている場合じゃないのだ。目の前にいる人が、自分と同じ痛みを感じる人間だと思うこと。そこからしか、本当のつながりは生まれない。

「準備はいい？」

緊張のせいか、校舎の入り口から見る学校のグラウンドはいつもとは少し違って見えた。真夏でもないのに、日の光に照らされた砂が妙に眩《まぶ》しく、ここから出ていけば、もう後戻りはできないようにも感じられる。私は戦場におもむく司令官になったつもりで手を挙げて、「行こう」とうしろの一年生たちに合図を出した。王国の兵士の衣装を身にまとった部員たちが一斉に茶色い馬づらのマスクをかぶり、グラウンドの真ん中を目指して駆け出していく。あらかじめ英雄に今日は空けておいてくれと言っていたので、頭上に秋空が広がる昼休みのグラウンドに人影はなかった。

ステージに到着すると、持ってきたもので黙々とセットを作った。王様の座る金色の椅子と足元に敷く赤絨毯《あかじゅうたん》。たいしたセットではないけれど、何らかの王国だというのは伝わるはずだ。首にえり飾りのついたヨーロッパ風の王族の衣装に白いタイツを履いている私は用意された椅子に腰かけた。一国一城の主《あるじ》となった私の横に、大臣や槍《やり》を持った兵士たちが整列する。

実際に自分がステージに立つと、正面にある校舎は大きく、まるで巨大な演劇ホールの舞台にでも立っているようだった。私たちの存在に気づいた生徒が、すでにちらほらと教室の窓を埋めている。不慣れな演者としての出演に怖さを感じたが、矢面に立って戦っていた英雄や星乃あかりのことを思うと、少しだけ勇気づけられた。なんにしてもマスクで顔が見えないおかげで緊張は緩和《かんわ》されている。

私がかぶっているのは、他の演者たちとは違う、白い馬づらのマスクだ。

今日から始める昼休みの演劇ショー。その名も「白馬の王子様」。世の中では白馬の王子様はなかなか現れないことになっているけれど、実はそれには理由があって、本当は白馬の王子様は人間ではなく、馬国《うまこく》の白い馬の王子なのだ。どこぞのおとぎ話のせいで多大な期待を背負うことになってしまった白馬の王子は、長年悩んだ末に馬国を離れ、人間界の女性たちの誤解を解く旅に出る。冒頭は馬国の玉座《ぎょくざ》で、白馬の王子が旅立ちを決意する場面。王子が国を空けることを大臣や兵士は反対するが、白馬の王子は剣を抜き、その反対を押し切って城を飛び出す。そして舞台転換してセットが変わると、人間界の家の中で一人の女がベッドの上に寝転がっている場面へと移る。

「あーあ、なんで私のところには白馬の王子様が現れないのかなぁ～」

寝る前にぼやいていた三十過ぎの女の部屋に、突然窓から入ってくる白馬の王子。女は悲鳴を上げ、「何なのよ、あなた？」と恐怖する。

「怪《あや》しいものではありません。私は馬国から来た白馬の王子です。今日はあなたの誤解を解くためにやってきました」

「う、馬がしゃべった！」

「あなたが夢見ている白馬の王子様なんですが、あれは実は私なのです。今まで現れなかったのは、あなたがた人間の女性の夢を壊したくなかったからです。でもずっと嘘をついているのも心苦しくて……申し訳ないんですが、もう存在すらしない人間の王子を夢見て待つのはやめていただけませんか」

「え、いやいや、私が待ってるのは、ただの理想の男性なんで……」

「ですから！　そのお待ちいただいている白馬の王子が私なんです！　あなたがたが白馬の王子様を夢見て夜を越すたびに、私の心が痛むんです！　私、馬ですから！人間じゃないんで！」

「いや、だから、別にあなたを待ってるわけでは……」

「話のわからない人だなぁ！　いいですか、もう一度言いますよ⁉」

私には玲花みたいに本を書く力がない。だから脚本も、一応最後まで書いてはみたけれど、クオリティーは保証できない。それにこれから二話三話と続けていけば、客の反応によっては内容を変える必要に迫られることだってあるだろう。時間のない中できちんと修正していけるかという問題もある。

でも、毎回全力を尽くして披露すれば、私たちがどれだけ本気で取り組んでいるかはわかるはずだ。たとえボロボロになっても、最大限の努力を続ける。そうすれば、きっと玲花には何かが伝わるだろう。その言葉にできない熱い想いを見せるところから、私たちの関係をやり直したい。

「むぅ、一軒目からこんなに時間がかかるとは……これは大変な旅になりそうだ。しかし私はあきらめるわけにはいかない。人間界の女性たちの誤解を解き、彼女たちにちゃんとした幸せをつかんでもらわなければ！」

脇に置いているCDラジカセから白馬の王子のセリフが流れる。私はどこかで観ているであろう玲花と気持ちの上で向き合うために、顔を上げてまっすぐに校舎を見据えた。

もう迷うことは何もない。こんなにもわがままな私を手伝ってくれるみんなの力を借りて、精根《せいこん》尽き果てるまで観客が楽しめるショーをやるだけだ。

ゴム臭い馬のマスクの隙間から見える校舎の窓には、ショーを楽しんでくれているらしい無数の生徒たちの顔が並んでいる。私は誰の目にも触れない眼前五センチの暗闇の中で、自分の口元がゆるんでいるのを感じていた。

どうぶつ物語　～その後の演劇ショー～

ヤギ

ある日、黒ヤギさんは恋人の白ヤギさんに手紙を書きました。二匹は離れて暮らしていたので、たまには想いの丈《たけ》をつづった手紙を送ってみようと思ったのです。

二日後、白ヤギさんの家に手紙が届きました。白ヤギさんは封筒《ふうとう》に書かれた字を見るなり、すぐに黒ヤギさんだとわかりました。さっそく封を切ろうとしましたが、なぜか胸がどきどきしてしまって開けることができません。

なんて……なんておいしそうなの？

白ヤギさんは思わず唾《つば》を呑《の》みこみました。それは今まで見てきたどんな食べ物よりもおいしそうに見えました。でもすぐに首を振《ふ》りました。

これは黒ヤギさんが書いてくれた大事な手紙よ。食べるなんてもってのほかだわ。

しかし溢《あふ》れ出す欲望を止めることができません。白ヤギさんは血走った目で長いこと手紙を見つめると、急にものすごい勢いでそれを食べてしまいました。そして恍惚《こうこつ》とした表情になってしばらく白目になりました。

白ヤギさんはため息をつきました。どうして食べてしまったのかしら。お返事を書いて謝《あやま》ろう。筆をとった白ヤギさんは「あなたもヤギだから気持ちはわかると思うけど」と書きました。あなたから貰《もら》ったお手紙、私、食べてしまったの。本当にごめんなさい。ご用事はなんだったかしら？

二日後、黒ヤギさんにその手紙が届きました。封筒に書かれた差出人の名前を見て、黒ヤギさんは喜びました。さっそく読もうとしたのですが、何かが変です。黒ヤギさんは自分の中に激しい欲望が渦巻《うずま》いていることに気がつきました。そして手紙を鼻に近づけると、すんすんと匂《にお》いをかぎました。

……なんだこれは！　我慢《がまん》できない！

黒ヤギさんは手紙をむさぼり食いました。そして絶叫《ぜっきょう》したのです。

黒ヤギさんは罪悪感に苦しみました。謝るしかないな。そう思って筆をとり、悪気はなかったんだ、と書きました。君がくれたお手紙、なんて書いてあったんだろう？

その二日後、白ヤギさんは届いた手紙を食卓《しょくたく》に置いて震《ふる》えていました。だめよ、今度は絶対に食べてはダメ。今にも手紙をつかもうとする手を押さえながら思うのですが、口からはだらだらとよだれが垂《た》れてきます。

なんでこんなにおいしそうなの？　紙なら他にいくらでもあるのに、黒ヤギさんが書いたと思うだけで食べたい気持ちが止められない。白ヤギさんはずいぶん我慢しましたが、最後には今まで出したことのないような声を出して手紙を口に入れました。むしゃむしゃと手紙を食《は》むその顔は、肉食獣が獲物《えもの》を噛《か》む顔とそう変わりませんでした。

そしてまた黒ヤギさんの家に手紙が届いたのです。黒ヤギさんは頭を抱《かか》えて煩悶《はんもん》しました。反省したんじゃなかったのか？　どうして愛《いと》しい人からの手紙を食べたいだなんて思うんだろう。僕は最低だ。最低のクズヤギだ。でもどうしても抑《おさ》えられない！

またしても送られてきた手紙を見ながら、白ヤギさんは口を覆《おお》いました。目には涙が浮かんでいます。もうダメだわ。絶対に食べてはダメ。ダメよ、ダメ。ふんばるのよ。白ヤギさんはとにかくおなかをいっぱいにしようと思いました。そして家中の食べ物を食べ尽くしました。白ヤギさんははち切れんばかりのおなかを抱えて手紙の封を切りました。しかし中から便箋《びんせん》が出てくるともうダメです。白ヤギさんはぼろぼろと涙をこぼしながら手紙をむさぼり食いました。手紙は涙の味がしました。

黒ヤギさんは届いた手紙をすぐ金庫に入れました。そして座敷で座禅《ざぜん》を組んで、一時間かけて精神統一をはかりました。あれは手紙だ。食い物じゃない。黒ヤギさんはさらにねじったタオルを口で嚙み、頭のうしろで結びました。はぁほい、へがみ（さぁ来い、手紙）。しかし結果は惨敗《ざんぱい》でした。黒ヤギさんは家の床をばんばん叩《たた》きながら泣きました。

それからも二匹のやり取りは続きました。どちらももう勘弁《かんべん》してくれと書いて送ったのですが、郵便受けを開けるとまた手紙があるのです。二匹はげっそりと瘦《や》せました。そして血尿《けつにょう》が見られたある日、黒ヤギさんは決意しました。もう限界だ。こんなことを続けているわけにはいかない。黒ヤギさんは白ヤギさんに会いにいくことにしました。送られてきた手紙をすべて食べてしまっていたことを直接謝ろうと思ったのです。

翌朝、黒ヤギさんは自分の家を出てバスに乗りました。流れる景色を眺《なが》めながら、黒ヤギさんは白ヤギさんにどんな顔で会えばいいんだろうと思いました。あんなに熱心に返事をくれていたのに。僕は本当に最低だ。最低で変態のクズヤギだ。

バスを降り、黒ヤギさんは白ヤギさんの家に着くと呼《よ》び鈴《りん》を鳴らしました。白ヤギさんは出てくるなり驚きました。二匹はお互い、ちょっと痩せたなと思いました。

「どうしたの、黒ヤギさん。びっくりしたわ」

黒ヤギさんはなかなか話を切り出すことができません。白ヤギさんは背中に冷《ひ》や汗《あせ》が流れるのを感じながら笑顔でこう言いました。

「そういえばいっぱい手紙を書いてくれてありがとう」

黒ヤギさんはわなわなと震え出しました。

「うん。元気そうで何よりだよ」

二匹はぎこちない笑顔を浮かべながら家の中に入っていきました。

長い夜がこれから始まるのです。

イノシシ

太陽の位置を確認したイノスケは焦《あせ》り始《はじ》めた。彼は今イノ美《み》というメスイノシシとデートをしているところなのだが、そろそろここを出なければ次の約束に間に合わないのだ。イノスケは甘えモードに入っているイノ美の機嫌《きげん》を損《そこ》なわないようにやんわりと話を切り出した。そして首尾良くイノ美と別れると、猛烈《もうれつ》な勢いで駆《か》けだした。

次はイノ恵《え》だ。イノスケは短い足を次から次へと前に出して森を走った。風を切り、倒《たお》れた木の上を飛び越えて坂を下った。猛進することに関して自分の右に出るものはいないとイノスケは思っていた。彼の好きな四文字熟語はもちろん猪突猛進《ちょとつもうしん》だった。

イノ恵との約束には当然ながら間に合った。イノ恵は他のメスイノシシたちよりも痩せていて、そのスレンダーさがイノスケは好きだった。イノスケは森の中を散歩しようとイノ恵を誘った。そして道中でタケノコを見つけると、それをイノ恵に食わせてやった。

「おいしい。タケノコ見つけるの上手《じょうず》なのね」

イノスケは「たまたまだよ」と謙遜《けんそん》したが内心は嬉《うれ》しかった。何よりも褒《ほ》められるのが好きなのだ。

「次は何が食べたい？　イモリとかカエルならすぐに獲《と》れるよ」

「ホント？　じゃあ私カエルが食べたいな」

イノスケは五分とかからないうちに一匹のカエルをつかまえた。

「どうしてそんなにつかまえるのが上手なの？」

「君のためだと思うと一生懸命《いっしょうけんめい》になれるんだ」

その後もデートを楽しんでいたイノスケだったが、しばらくするとちらちらと太陽を気にしだした。そろそろおいとましなくては。イノスケは親に頼まれた大事な用があることをイノ恵に話した。そして「もっと君といたいんだけど」という目をして別れを惜しむふりをした。

イノスケはまた駆けだした。次はイノ子と会う予定だが間に合うだろうか。イノスケは途中川を渡った。そしてずぶぬれになった体で森を走った。もう少し近い場所で待ち合わせすればよかったとイノスケは思った。デート中の鉢合《はちあ》わせを警戒《けいかい》するあまり、メスイノシシたちと会う場所をばらばらに設定しすぎたのだ。

どうにかこうにかイノスケは約束の時間に間に合った。イノ子は刺激的なことをしたがるメスイノシシだったので、イノスケは少し迷ったが一緒に人里に降りてやることにした。俺の側《そば》から離れちゃダメだよと言うと、イノ子は目を輝かせてうなずいた。二匹は山を下って村に入り、畑の野菜を食べたりして小一時間ほどで戻ってきた。あまり長くいるのは危険だったし、何しろイノスケには次の予定があったのだ。

「ごめんね。また今度埋《う》め合《あ》わせするから」

イノスケは再び走りだしながら、なんだか自分は埋め合わせばかりしているなと思った。でもそれは仕方がないことなのだ。自分はたくさんのメスイノシシとただ遊んでいるわけではない。理解してもらえないかもしれないが、誰のことも真剣に好きなのだ。

何にせよ次はイノ香《か》だ。イノスケは猛然と森を駆けたが、少しして急にブレーキをかけて止まった。本当にイノ香か？　イノ菜《な》の方じゃなかったか？　イノスケは不安になってきた。なのでもう一度最初から順番を確かめてみた。イノ美、イノ恵、イノ子……。イノ沙《さ》は明日だよな？　うん。イノ香かイノ菜だ。でもどっちが先だっただろう、イノ菜のあとがイノ香だったような気もする。

イノスケは森の中で立《た》ち往生《おうじょう》した。思いだせ、間違うとえらいことになる。そう思って必死で頭を働かせるのだが、悩めば悩むほどどっちが先かわからなくなってくる。焦るな。どっちに行くかさえ思いだせば大丈夫なんだ。俺のこのスピードがあれば今からだって十分間に合う。

しかしイノスケは思いだすことができなかった。太陽はじりじりと下がっていく。イノスケは思い切って駆けだした。とりあえず行ってみて、いなかったらもうひとつの方に走ればいいのだ。大丈夫、自分を信じろ、とイノスケは思った。俺はイノシシだ。目標に向かって走ることにおいては誰にも負けることはない！

イノスケは矢のような速さでイノ香との待ち合わせ場所に向かった。が、イノスケの予想に反してそこにはイノ香と、なぜか明日会うはずのイノ沙が待っていた。二匹はイノスケを見つけると、それぞれ安堵《あんど》したような顔と少し怒《おこ》ったような顔で近寄ってきた。

「イノスケくん」

「遅いよ、イノスケ」

二匹のメスイノシシがお互いの顔を不思議そうに見合わせる。何が起こったのかわからない微妙な空気が辺《あた》りに流れて、イノスケはひとつの恐ろしい可能性に思い当たった。これはマズイ。イノ沙と日を間違えて約束したのだ。

「どういうことイノスケくん？」

「ねぇ、このイノシシ誰？」

二匹のメスイノシシの顔があからさまに曇《くも》っていく。イノスケはゆっくりと後《あと》ずさりすると方向転換して猛ダッシュで駆けだした。事情を理解したらしいメスの二匹が「待ちなさいよ！」と声を上げながらものすごい勢いで追いかけてくる。

イノスケは何か目標を見つけなくてはと思った。目標がなければ自分は力が出せずに追いつかれてしまう。ふと目の前に暮れかかった夕日が見えた。あれだ。あれを目標にすればいい。イノスケは夕日に向かって走った。しかし夕日がすぐ沈《しず》んでしまうことにイノスケはまだ気づいていなかった。

ハト

西の空から白いハトがやってきて、ハト吉《きち》はすぐにそれがハト美だと気がついた。排気《はいき》ガスが充満している都市の中に住みながら、いつもと変わらぬ美しい白さを保っているハト美。黒いハトばかりが集まっているこの公園ではハト美の存在は目立ったが、そういうこととは関係なくハト吉はハト美が気になっていた。そう、彼は恋をしていたのだ。最近のハト吉はハト美へのささやかなアピールのためにこの公園に通っていると言ってもいい。

やがて初老の男性がパンの入ったビニール袋をぶらさげながら公園内に入ってきた。もらえることをすでにわかっているハトたちが一斉《いっせい》に方々から飛び集まって地面に降り始める。ハト吉は少し間を置いてからそれに続くと、さりげなくハト美の近くに降り立って彼女の隣を陣取《じんど》った。初老の男性は袋から出したパンを小さくちぎって早くもそれを投げ始めている。

こっちです！　もっとこっちにほうってください！

ハト吉の念が届いたのか、小さなかけらがぽーんと弧《こ》を描いて飛んできた。近くにいたハトたちが我先にとそれをついばもうとする。

ちょっ、やめろよ！　これはハト美ちゃんの分だぞ！

ハト吉は羽をばさばさと動かして群がるハトたちを牽制《けんせい》した。

さぁ早く、ハト美ちゃん！　この足もとに落ちているパンを食べるんだ！

ハト美は首を前後に動かしながらハト吉の方に近づいてきた。なおもパンを盗もうとする不届きものをハト吉がくちばしで突《つ》っつくと、ハト美はようやく頭を下げて足もとのパンをついばんだ。愛するハト美のくちばしの先でぱくぱくとパンが踊っている。ハト吉は慌《あわ》ただしく動き回るハトたちに押《お》し退けられながら束《つか》の間《ま》の幻想にまどろんだ。

その日の午後、ハト吉は先輩鳩《せんぱいばと》のハト次郎に誘われて生まれたばかりの彼のヒナを見に行った。ハト次郎には三年前につがいになったハト恵という奥さんがいるのだが、二羽は自分たちがとっくに恋の季節を終えていることもあってよくハト吉の相談にのっていた。

「はぁ？　おまえまたそんな回りくどいアプローチしてんのかよ？」

ハト次郎があきれるのも無理はなかった。ハト吉は恋をするたびに同じようなことをして、今まで何度もつがいになるチャンスを逃《のが》していたのだ。

「もういい加減《かげん》そういうのはやめろって言っただろ？」

「いや、わかってますけど、やっぱりまずは好きになってもらわないと」

「どうだっていいんだよ、そんなこと。てか早く落とさないとまた手遅れになっちゃうぞ」

ハト吉はその一言に落ちこんで、頭の中で破れた恋を指折り数えた。人間にはあまり知られていないことだが、鳩は一度つがいになると一生その相手と添《そ》い遂《と》げる。つまりそれは他の誰かにとられてしまえば、ハト美は一生自分の奥さんにならないということでもあるのだ。

「やり方は知ってんだろ？　ちゃっちゃとやっちまえばいいんだよ」

ハト吉は毎回そう言われながらもなかなか求婚に踏み切れずにいた。何よりも交尾《こうび》の前にする求愛行動に至るまでの勇気がなかった。その求愛行動とは、くちばしとくちばしを合わせて人間のようにキスをするというものなのだが、ハト吉はそれをしようとして未遂《みすい》に終わるというのをもう何度も繰《く》り返《かえ》していた。

「男がリードしないと始まるものも始まらねぇじゃねぇか。向こうだっておまえの求婚を待ってるかもしれないんだぞ？　なぁハト恵？」

「うーん、そうねぇ。まぁアタックしてみるのはいいんじゃない？」

翌朝ハト吉は橋桁《はしげた》の下にある自分の巣から飛び立つと、電線の上に降り立って朝方の街を見下ろした。空はまだ薄暗《うすぐら》かったが、ハト吉は日が昇る前のこの時間帯が好きだった。しかし心休まる場所に身を置いてもハト美のことを考えると気持ちは自然と沈んでくる。

ハト次郎先輩は男がリードすべきだって言っていたけど、本当に受け入れてもらえるんだろうか。でもこのままグズグズしていたらハト美ちゃんはまた前と同じように誰かの鳩妻《きゅうさい》になってしまう。それだけは嫌《いや》だ。ハト美ちゃんは絶対にぼくの奥さんになってもらうんだ。

「オゥ、オゥ、オーオー、オゥ、オゥ、オーオー」

ハト吉は決意をこめた低音鳴きを朝方の空気に響かせた。

「オゥ、オゥ、オーオー、オゥ、オゥ、オーオー」

もう昨日までのぼくじゃないぞ！

その日の午後、ハト吉はいつもの公園で食事を終えるとさっそく求婚に乗り出した。ハト美は春の日差しを浴《あ》びて少し眠くなったのか、その場にうずくまって他のハトたちと一緒に休んでいる。やってやる。こうなったら当たってくだけろだ。ハト吉が首を前後に動かしながら歩き出そうとしたそのとき、予想だにしなかったことが起こってハト吉は目を疑った。ハト美のすぐ側で休んでいたずんぐりむっくりのデブハトがハト美に近づいたかと思ったら、あろうことかハト美とくちばしをチュッチュと合わせ始めたのだ。

わあああああーっ！

そのときのハト吉の顔は俗《ぞく》に言う鳩が豆鉄砲《まめでっぽう》を食らったときの顔をはるかに超えていた。長いディープキスが終わり、デブハトがハト美の上にどすんと乗っかる。

わあああああああああああーっ！

ハト吉の恋は終わった。

カメ

カメ子は長時間の説得を続けていた。恋人にひどいことを言われたカメ彦《ひこ》が、落ち込みすぎて甲羅《こうら》の中に引っ込んでしまったのだ。

「ぼくは甲羅だ」

説得も虚《むな》しくカメ彦は完全に心を閉ざしていた。

「みんな死ねばいいんだ」

「そんなこと言わないで、カメ彦くん。カメ美だって悪気があったわけじゃないのよ。カメ彦くんが要望にこたえてくれなかったから、ちょっとスネていじわるを言いたくなっただけよ」

二匹は池の上に突き出している小さな岩の上で向かい合っていた。季節は春だが、太陽が隠れてしまっているので今は少し肌寒い。

「カメ美が言ったことを本気にしてるの？」

「……してるよ。だって本気じゃなきゃあんなボロカスに言ったりしないいじゃないか」

「うん。まぁ気持ちはわかるよ。私は直接聞いたわけじゃないけど、もしカメ彦くんが言ったことが本当ならカメ美は言いすぎだと思う。そりゃ誰だってのろいのがイラつくとか言われたら傷つくよ。だって私たちカメだもんね？　のろくて当たり前だもん」

「……」

「っていうかさ、のろいのはむしろいいことだよ。ほら、カメ彦くんも知ってるでしょ、うさぎとカメの話。私も小さいときにおばあちゃんから聞かされてずいぶん勇気づけられた。のろいのは悪いことじゃない。時間がかかっても休まずに続けることが大事なんだって」

冷たい風が二つの甲羅をなでていく。カメ子はため息をついて説得を続けた。

「のろいのは悪いことじゃないのよ、カメ彦くん。のろいのを責められたって休まずに続ければそれでいいのよ。まぁカメ彦くんは続けていた結果イラつかれたわけだけど。……でもそういうのってね、気分的なものもあるのよ。特に私たちメスはそうなの。バイオリズムとかいろいろね。だからたまたまカメ彦くんに矛先《ほこさき》が向いただけだと思うな」

「そんな……バイオリズムであそこまで否定されたらたまらないよ」

カメ彦の声が小さくなる。カメ子は動かない甲羅を見ながらどうしたものかと思い悩んだ。とにかく励《はげ》まし続《つづ》けるしかないとカメ子は思った。

「……カメ彦くんがのろいのはただ怠《なま》けてるわけじゃないじゃない。そりゃもちろん他のオスガメに比べたら多少優柔不断《ゆうじゅうふだん》なところはあるわよ。でもそれはむしろカメ彦くんのいいところだと思うの。だってカメ彦くんほど周《まわ》りに気を遣《つか》えるカメはいないもの。あなたは私が知ってるどんなカメよりも優しいカメよ」

カメ彦はようやく甲羅から頭を出した。

「ホント？」

「本当よ。私、尊敬してるんだから、カメ彦くんのこと」

カメ彦は聖母でも見るような目でカメ子を見上げた。カメ子は胸がどきどきしてきた。なんて母性本能をくすぐる顔なんだろう。

「でも今さらなんて言って会えばいいんだろう。きっと向こうはまだ怒ってるよ」

カメ彦が不安そうな顔をする。また甲羅に引きこもってしまいそうだったので、カメ子は「大丈夫よ、カメ彦くん」と少し慌てて言葉をつないだ。

「カメ彦くんが大人になって謝っちゃえばいいのよ。カメ美はプライドの高い子だから自分からはなかなか謝れないでしょ。だからカメ彦くんから切り出せば、きっとうまくいくと思うな」

「それはそうかもしれないけどさ、萎縮《いしゆく》しちゃうよ。ぼく、カメ美ちゃんに言われたんだ。はっきりしない、なよなよしてるところが嫌なんだって。だからぼくが謝ったらきっと怒ると思う。なんですぐに謝るのって、こないだもそれで怒られたんだ」

ああ言えばこう言うカメ彦にカメ子は少しいらいらしてきた。まったくこのカメはどうしてこうマイナス思考なのかしら。私だってただ善意であなたを励ましているわけじゃないのよ。あなたのことが好きなのにあなたが全然気づかないから散々《さんざん》苦しめられてきたのよ。私が何度カメ美と別れて自分と付き合えばいいと思ったか知ってるの？　あなたの優柔不断さを受け入れられるのは私しかいないのよ。なのにどうして気づかないのよ、このろま！

「……ねぇ、どうしたの。なんか言ってよ、カメ子ちゃん」

「いい加減にしてよ、カメ彦くん。あなたはいったいどうしたいの。さっきからグチグチ言ってるけど、結局カメ美と仲直りしたいんでしょ？　だったらすることはひとつしかないじゃない。ああすればいいとかこうすればいいとか、そんな回りくどいことを考えている暇《ひま》があったら、さっさとカメ美のところに行って謝ればいいのよ。相手がひどいこと言ったとか、謝ったら怒られるとか、そんなことはどうでもいいの。私の言ってることとわかる？　うまくいくかどうかなんて関係ないのよ。とにかく好きだって、おまえが必要なんだって、ただそう伝えればそれでいいのよ！」

カメ子の豹変《ひょうへん》ぶりにカメ彦はただただ圧倒《あっとう》されていた。そしてなんだかよくわからないが、カメ子の言う通りだと思った。カメ彦は自分の中に勇気というエネルギーが膨《ふく》らんでくるのを感じた。

「なんか……なんか、ぼく間違ってた。ありがとうカメ子ちゃん。がんばってみるよ！」

カメ彦はキラキラと目を輝かせてそう言うと、ぼちゃんと池に飛び込んでカメ美のところへ向かい始めた。カメ子は慌ただしく四肢《しし》を動かしているカメ彦の甲羅を見送りながら妙《みょう》に冷《さ》めている自分に気づいた。私はどうしてあんなのが好きだったんだろう。恋というのは不思議なものだとカメ子は思った。心を開いているからこそ、冷えてしまうのもまた早い。

「もっといいカメ探しに行こう」

カメ子はそう独《ひと》りごちると、ようやく出てきた太陽に目を細めてから池に入った。

カルガモ

ガモ助《すけ》は怒っていた。最近カルガモの親子が引っ越しをするときに「危ないから」という理由で手助けする人間がいるからだ。向こうは善意のつもりでやっているのかもしれないが、そんな過保護な扱いをされたら子供たちがそれを当たり前だと思ってしまう。そういうわけでガモ助は次の引っ越しは自分も付き添うと妻のガモ美に言い放った。普通、オス親は育児には参加しないものなのだが、そんなもん関係あるかとガモ助は思った。自然界の厳しさを父親として教えなければならないのだ。

引っ越し当日、突如《とつじょ》現れた謎《なぞ》のオスガモを目《ま》の当《あ》たりにして幼いヒナたちは困惑《こんわく》した。ガモ助はガモ美に自分が父親であることを紹介させると子供たちに向かって言った。

「いいか！　今日はお父さんが引っ越しに付き添うからな！　いつもみたいに甘やかされると思うなよ！　ピーピー鳴いても助けんぞ！」

ヒナたちは怖くなってさっそくピーピー鳴きだした。

「うるさい！　ピーピー鳴くなって言ってるだろ！」

ガモ助はむちゃくちゃなことを言ってさらにヒナたちをピーピー鳴かせた。そして「もういい、行け！」とガモ美に言って半《なか》ば強引に出発した。鳴いていたヒナたちは慌てて母ガモのあとを追いかけた。

ガモ助は一番うしろを歩いてわらわらと動き回る我が子たちににらみをきかせた。どいつもこいつも傷ひとつないふわふわした体をしやがって。だいたいなんだあの群れようは。みんなべたべたくっつきあって、あれじゃ周りが見えんじゃないか。

「もっと散らばれ、おまえら！」

ガモ助の言いようにガモ美はあんまりだと思って言い返した。

「無理言わないでくださいよ。こうやって歩かないと危ないわ」

「それじゃ周りが見えんだろ！　もっと自分たちで周囲を警戒しろ！」

ガモ助は自分が考えたという隊列を子供たちに教えてやった。まず母親を囲むように四匹が四角を作り、その前に偵察《ていさつ》部隊として三匹を置く。うしろには仲間内でもっとも強いものをしんがりとして置き、どの場所にいるヒナも何か物音が聞こえたら即座に立ち止まって仲間に知らせる。総大将である母親のことは絶対に守ること。そしてもし何者かに襲《おそ》われて絶体絶命の危機に陥《おちい》ったときは一番弱いものが一匹で残って敵を引きつけ、他のみんなを逃がすこと。これは一番強いものが残った方がいいという説もあるが、それだと隊がどんどん弱体化してしまう。さらに今言ったのは通常の陣形《じんけい》であって、地形や天候、その他負傷者がいる場合は別の陣形を組む必要があり……

「あなた、ちょっと難しすぎるわ。子供たちには無理よ」

「なんだと？　生きることは戦いだぞ！　甘やかして死んでもいいのか⁉」

ガモ美はあきらめて夫の好きなようにさせた。初めて陣形を組まされた子供たちはわけがわからずピーピー鳴いた。ガモ助はそんなピーピー鳴いたら敵に居場所を教えているようなもんだろと叱《しか》って子供たちをさらにピーピー鳴かせた。そして最後にはやはり無理だということになり、元通り群れて歩くやり方に戻ることを仕方なく認めた。ガモ助は「ぐぉーっ」と烈火《れっか》の如《ごと》く怒りながら周りの草に八つ当たりした。ガモ美は早く引っ越しを済ませてしまおうと思った。このままでは子供がもたない。

草むらを抜けて土手を上がると、そこは幅《はば》が狭《せま》いながらも車の通る道だった。たまたま歩道を歩いていた人間のカップルが立ち止まり、よちよちと歩くヒナたちを見てかわいいと顔をほころばせる。すると同じく親子の行進に気づいた中年の男性が道の真ん中に立って向こうからやってきた車を止め始めた。ガモ助は出やがったなと目を光らせて、さっそくその男性の足を突ついた。

「どけ、人間ども！　おまえらが手助けするから子供がたくましく育たんのだ！」

中年の男性は驚いて退散していった。ガモ助はいたく満足して「もう一度車よ走り出せ！」と願ったがダメだった。結局親子は、なんだあの凶暴《きょうぼう》なカルガモはという不《ふ》穏《おん》な空気がただよう中、車道を横断した。

親子は再び土手を下りた。その先にあるのは流れのゆるい、しかしそれなりに大きな川だった。ガモ助はこの場所を引っ越し先にすることに決めた。ここにはワカサギもいるし、上空にはトンビが飛んでいる。さっそくガモ美にそのことを伝えたが、ガモ美はもう少し下流の方がいいんじゃないかと反対した。そこなら他のカモたちもいるし、もう少し安全度も増すというのだ。

「ならばこうしよう。ここからその下流まで泳いでいくんだ。それができたらそこで住むことを認めてやろう」

ガモ助はうっとうしい条件を出してヒナたちに川に入るよう言った。早くも水の上に浮かび始めた夫を見てガモ美はさすがに辟易《へきえき》した。そしてずいぶん迷ったが夫の言う通り子供たちと一緒にあとに続いた。

さぁトンビよ、襲ってこい。ガモ助は泳ぎながら天を仰《あお》いでメンチを切った。しかしトンビはゆっくりと空を旋回《せんかい》しているだけで、いつまで経《た》っても襲いかかってこなかった。ガモ助はわざとガァガァ鳴くと、子供たちにもピーピー鳴くよう命令した。でもそれも効果がなく、親子は無事に下流へと辿《たど》り着《つ》いた。

「くそーっ！　なんで襲ってこないんだ！」

濡《ぬ》れた体で怒っているガモ助を見てガモ美はもういい加減にしてほしいと思った。そしてぺたぺたと夫のうしろまで歩いていくと、今までの怒りをすべて込めて、くちばしで思いきり尻を突ついた。ガモ助は「ぐわっ」とカモらしい声を上げて崩《くず》れ落《お》ちると悶絶《もんぜつ》した。

「気をつけなきゃいけないのは外敵だけじゃないってことですよ」

ガモ美は言ってやったと思った。子供たちは何が起こったのかわからなかったが、とりあえず母親の方が強いということだけは理解した。

トナカイ

二頭の青年トナカイは驚愕《きょうがく》した。クリスマスの夜、時給の高さにつられて申し込んだアルバイトで、真っ赤な服を着て現れたのが若い女のサンタだったからだ。

「あ、あの、サンタさんっておじさんじゃ……」

「あぁ、サンタおじちゃんね、今盲腸《もうちょう》で入院してるのよ。だから今年は私が代役を務《つと》めることになったの。あ、私はサンタおじちゃんの姪《めい》でメリッサっていうの。今日はよろしくね」

メリッサは本当にサンタの姪かと疑うほどのかわいさだった。おまけにそんなかわい子ちゃんがサンタのコスプレをしているというダメ押しぶり。スカートから伸びる黒タイツに包まれた二本の脚《あし》を見てメリークリスマスと二頭は思った。そして喜んで手綱《たづな》をつけられると、粉雪の降る聖夜の空へと飛び立った。

「ねぇ、君たち。大急ぎで回らないとちょっと間に合いそうにないの。大丈夫？」

「余裕《よゆう》です！」

しゃんしゃんしゃんしゃんと鈴の音を響かせて二頭は軽快に空を駆けた。さっそく一軒目の家が見えてきて、メリッサはその家の屋根の上にそりを止めるよう二頭に言った。

「じゃあちょっとだけ待っててね」

メリッサは袋を探ってプレゼントを取り出すと、雪の積もった屋根の上をざくざくとブーツで歩いていった。二頭のトナカイはメリッサが煙突《えんとつ》にロープを巻きつけているのを多大な興味《きょうみ》を持って見つめていた。ロープがしっかりと固定されたのを確認したメリッサは、プレゼントを小脇に抱えてゆっくりと煙突を降りていった。

「ヤバくねぇ⁉」

二頭のトナカイはメリッサがどれだけヤバいかということをテーマに白熱した議論を交《か》わした。特にぽんぽんのついたサンタの帽子の得点が高いという点で二頭は激しく共感しあった。やがてメリッサが戻ってくると二頭は元気よく頭を下げて「お疲れ様です！」と挨拶《あいさつ》した。

「さぁどんどん行きましょう。早く終わったらご褒美《ほうび》あげるからね」

二頭はご褒美という言葉に目の色を変えた。もう足なんかどうなってもいいという気持ちで駆けた。おかげで袋の中のプレゼントは順調に数を減《へ》らしていった。

「すごいわね。例年にない早さだわ」

メリッサは二頭のがんばりを喜ぶと、袋の中から新しいプレゼントを取り出して煙突へと走っていった。二頭はメリッサが煙突の縁《ふち》に上がるところを毎回必ず注目していた。あの人は見えそうで見えないチラリズムを振りまく天才だと二頭は思った。

「メリッサ彼氏いんのかな？」

「そりゃいるだろ。あんだけ見た目良かったら周りがほっとかないんじゃない？」

「でもクリスマスの日にこんな仕事してんだぜ？　ひょっとするといないんじゃねえ？」

「マジで？　じゃあ俺、告っちゃおうかなー」

二頭はそれぞれの頭の中で妄想《もうそう》の世界へと飛び立った。恥《は》じらいながらも自分の告白を受け入れてくれるメリッサ。メリーメリークリスマスと二頭は思った。

「なぁ、赤鼻のトナカイっていう歌あるじゃん。俺、鼻が赤くて笑われてるって言ってメリッサになぐさめてもらおうかな」

「おまえ鼻赤くないじゃん。普通に黒だし」

「じゃあ黒くて笑われてるってことでいいよ」

「みんな黒いだろ!?」

メリッサが戻ってくると二頭は猛烈な勢いで自分たちの鼻の黒さをアピールした。メリッサはわけがわからなかったが、とりあえず「大丈夫よ、元気出して」と言って両方の鼻を撫《な》でてやった。二頭はデレデレと鼻の下を伸ばした。

「あ、あのメリッサさんは彼氏とかいないんですか？」

再び空へと飛び立ちながら尋《たず》ねると、メリッサは笑って首を振った。

「募集中なの。いい人がいたら紹介してね」

二頭は互いに目線を送りあって「抜けがけはなしだぞ」と牽制した。種族の問題も無視したまま、彼らはメリッサが約束したご褒美を手に入れるためにラストスパートをかけた。

ようやく最後の家に着き、メリッサがそりから降りようとしたときだった。屋根の上に突き出ている三階部分の窓がバタンと開いて、そこに男が立っていた。トナカイたちは秘密裏《ひみつり》に行なわれるべきサンタの仕事を見られてしまったことに動揺した。が、男は二頭には目もくれずにメリッサのことを見つめていた。沈黙の中、メリッサの持っていたプレゼントの箱がぽとりと落ちた。

「ジョージ？　ジョージなの？」

「メリッサ、待っていたよ」

ジョージは窓から飛び出すと、屋根の上を走ってきてメリッサのことを抱きしめた。

「ジョージ、どうして私がここに来るって……」

「君のことは何でもお見通しさ、メリッサ。こんな格好《かっこう》で飛び回ったりして、風邪《かぜ》でも引いたらどうするんだ?」

「ごめんなさい、ジョージ。私、やっぱりあなたのことが忘れられなくて……」

「僕もさ、メリッサ。さぁ、早く家の中に入ろう」

ジョージはメリッサをお姫様だっこすると窓の方へと歩いていった。二頭のトナカイは呆然《ぼうぜん》とその場に立ち尽くしていた。

「メリッサ、サンタの格好がすごく似合ってるよ」

「嬉しい、ジョージ。なんならあとでサービスしてあげてもいいわよ」

二人は窓から家に入るとじゃれあいながら奥へと消えた。

ご褒美はジョージのものになった。

ブタ

ブタ小屋の中で豚子《とんこ》は考えていた。それは昼下がりで、小屋の中にはぽかぽかと心《こ》地《こち》よい日の光が降《ふ》り注《そそ》いでいた。豚子の隣には夫である豚助《とんすけ》が昼寝でもしようと思って寝ころんでいた。

「ねえ、あなた」

「ん?」

「あなたはオスのブタよね?」

「なんだって?」

「オスかメスかで言ったらあなたはオスでしょ?」

「まぁそうだね」

「ってことはオスブタよね?」

「うん」

「じゃあ私は?」

豚助は体を起こすと当然のように言った。

「メスブタじゃないか」

二匹はしばらく沈黙した。近くの森で鳥の鳴く声がする。

「……なんか、しっくりこないのよね」

「何が？」

「自分がそういう名前で呼ばれてるのが」

豚助はちょっと顔をしかめた。自分にはよくわからないが、妻は何かを考えているらしい。

「というか、名前は豚子だろう？」

言われてみると確かにそうだ。豚子はそれで自分の感じていた違和感を忘れかけたが、すぐに違うと思い直した。

「でもね、総称っていうのかしら。たとえば人間が私のことをどう呼んでるかって言うと……」

「メスブタだろうね」

「でしょう？」

二匹はまたしばらく沈黙した。少し向こうでブタ同士がケンカしている声がする。

「いったい何が不満なんだ？」

「うーん、それがよくわからないのよ。なんか急に気になっちゃったの。自分がメスブタだって思われてることが」

豚助はしばらくそのことを考えてみたが、結局わからなかったので考えるのをやめてしまった。きっと妊娠《にんしん》のせいだろうと思った。情緒《じょうちょ》が不安定になっているのだ。

「あなたは全然気にならない？」

「気にならないよ。だって君はずっとメスブタじゃないか」

豚子は少なからずうろたえた。どうしてだろう。悪口を言われているわけでもないのにひどく傷つく。

「……ねぇあなた、今言った言葉、訂正《ていせい》してもらえないかしら？」

「訂正？」

「だからその、私がずっとメスブタだったたっていうやつよ」

「そう言われてもな。どう訂正すればいいの？」

「じゃあ撤回《てっかい》でもいいわ。撤回してちょうだい」

豚助は納得できなかったが、とりあえず妻の言うことに従った。妻は何を気にしているんだろう？　豚助は答えの出ない問いをしばらく頭に留めていたが、まぁいいかと思って寝ころがった。すると少ししてまた豚子が口を開いた。

「ねぇ、どうしてメスのブタはメスブタって言うんだと思う？」

豚助は若干《じゃっかん》のうっとうしさを感じながら目を開けた。豚子は特に悪いことをしたという顔もせず話を続けた。

「つまりね、メスのブタならブタメスでもブタ（メス）でもいいわけじゃない？」

「それはそうだけど、メスのブタなんだからメスブタの方が自然じゃないか」

豚助は投げやり気味に言うと、豚子の顔をうかがってから体を起こした。

「ねぇ、何が気になっているんだい？」

「わからないのよ。ただしっくりこないだけなの」

豚助は内心あきれながら豚子を見つめた。まったくメスという生き物は。言語化できないモヤモヤをぶつけられても困るのだ。

「じゃあ例えばね、あなたがメスのブタだったとして、メスブタって呼ばれたらどう？」

「どうって？」

「嫌な感じしない？」

「わからないいな。だって俺はオスだからね」

「ちょっと想像してみてよ」

豚助はしぶしぶ考えてみた。

「うーん、別に嫌じゃないけどな。だってメスブタっていうのは事実じゃないか」

また沈黙が降りてくる。豚助はだんだん面倒臭《めんどうくさ》くなってきた。豚子は浮かない顔のまま足元のわらを見つめている。

「わかった。じゃあお隣さんに聞いてみよう」

豚助は隣の柵《さく》に近づくと豚太郎《とんたろう》というオスの豚に声をかけた。豚子は豚助が豚太郎に相談しているのを見ながらなんとなく嫌な気持ちになった。この話はそんなふうに広げてほしくなかったのだ。

「へぇ、メスブタですか。どうかなぁ。僕は何も思いませんけどね」

「豚美《とんみ》さんはどうだろう?」

「聞いてみますよ。おい豚美」

豚太郎は妻の豚美に事情を話した。豚美はふんふんとそれを聞いてしまうと豚子の方をちらと見てから二匹に答えた。

「うーん、私は特に気にしたことないわねぇ」

豚助は礼を言って豚子のところに戻ってきた。「聞いただろう?」と言う夫の顔を見て豚子は少し腹が立った。そこには自分の感覚の方が正しかったじゃないかという色が見て取れた。何よりも豚子は豚美のことが好きではなかった。実際あいつはメスブタ的なところがあると豚子は思った。だからメスブタという言葉を気にしないのだ。

「きっと寝たら忘れるよ」

夫の呑気《のんき》なだめように豚子は苦々しい気持ちになった。私の感じている違和感はそんな気分的なものじゃない。これは私が全存在をかけて否定しなければならないことなのだ。私は絶対にメスブタと呼ばれたくない。そこに甘んじた瞬間に自分はメスとしての美を手放すことになってしまうのだ。豚子は心の中でそう思うと、豚らしく「がっがっ」と鼻を鳴らした。

スカンク

「くそーっ、外《はず》した！」

スカンク郎は最後の分泌液《ぶんぴつえき》を外してしまった。二匹のスカンクは餓《う》えた野犬から追いかけられていた。必死で走るスカンク郎の横でスカン子も息を切らしている。

「スカン子ちゃん、今度は君の番だ。あいつに君の分泌液を食らわしてくれ！」

「無理よ、そんな！　私できない！」

「どうしてだよ、スカン子ちゃん。早くしないと二人とも食べられちゃうよ！」

二匹は付き合い始めたばかりで、今日は二回目のデートをしていたのだが、そのデート中に野犬に襲われていた。大好きなスカンク郎の前で分泌液を出すなんてスカン子にはできなかった。スカン子はスカンクである前に乙女だったのだ。

「危ない、スカン子ちゃん！」

スカンク郎はスカン子に体当たりした。野犬が飛びかかってきたのをすんでのところでかわしたのだ。空振《からぶ》りに終わった野犬がその恨《うら》みをぶつけるかのように二匹をにらみつけてくる。スカンク郎は「こっちだ！」とスカン子を誘導してまた駆け出した。

「スカン子ちゃん、お願いだ。分泌液を飛ばしてくれ！」

「できないの、私。できないのよ！」

「僕らが生き延びるすべはそれしかないんだよ！」

「わかってるわ、わかってるけど……」

　スカン子は走りながらぽろぽろと涙をこぼし始めた。スカンク郎はなぜスカン子が分泌液を飛ばしてくれないのかがわからなかった。もちろんあの肛門《こうもん》をさらけ出すポーズが恥ずかしくないとは言わないが、この危機的状況でそんなことを恥ずかしがっている場合じゃない。

「スカンク郎くんの分泌液はもうないの？」

「わからない、でも出たとしても少量だよ」

「それなら近距離でやればどうにか……」

「無理だよ、そんな。食らわせる前に死んじゃうよ！」

　言い合っているうちに野犬がまた飛びかかってくる。二匹はぎりぎりのところで二手に分かれて難を逃れた。岩に頭を打ちつけた野犬は、頭をぶるぶると震わせて二匹を見失っているらしい。再び合流した二匹はその隙《すき》に野犬との距離を広げた。もう長いこと走っているので足がだんだん疲れてきている。

「よぉし、これでなんとか逃げ切れるかも……」

　スカンク郎が希望を見出したそのときだった。二匹の走っている正面の茂みがガサガサと揺れ、そこから別の野犬が現れた。スカンク郎は急ブレーキをかけながら、もうダメだと思った。スカン子の分泌液なしには生き残れない。

「スカン子ちゃん！　頼むから分泌液を出してくれ！」

「わかってるわよ！　でもできないって言ってるでしょ！」

「恥ずかしいのかい？　恥ずかしいなら目を閉じるよ！　だから早くやってくれ！」

二匹目の野犬がじりじりと近寄ってくる。こうなったら、とスカンク郎があるかどうかわからないその分泌液を出すために肛門を見せつけようとしたとたん、後ろから襲いかかってきた最初の野犬によってスカンク郎は餌食《えじき》となった。

「いやぁぁぁぁぁ！　スカンク郎くぅぅぅん！」

野犬がスカンク郎をくわえたままスカン子の方を振り返る。鋭利《えいり》な牙《きば》が生えた口の中でスカンク郎はすでに瀕死《ひんし》の状態だった。トレードマークだった彼の大きな尻尾《しっぽ》がだらりと垂れ下がっている。

「……に、逃げるんだ、スカン子ちゃん」

死にかけの彼氏が涙で滲《にじ》み、スカン子の頭の中に様々な思い出がよみがえった。最初にスカンク郎と会ったのは大きなスギの木の下だった。出会った頃からスカンク郎は優しくて、よくこおろぎやバッタを自分のために獲ってきてくれたっけ。古いビルの軒下《のきした》で巣を作るのにいいところを見つけたから一緒に見に行こうって言っていたのに。ごめんなさいスカンク郎くん、どうしても分泌液が出せなくて。あなたの前で、私、乙女でいたかった。これからもっと楽しいことがいっぱいあるはずだったのに。私とスカンク郎くんの未来を奪うなんて許さない。この餓えた野犬どもめ。溜《た》まりに溜まった私の分泌液を食らうがいい！

スカン子は目にも留まらぬ早さで肛門を相手に見せつけた。そして下腹部の辺りに渾身《こんしん》の力を込め、持てるすべての分泌液を二頭の野犬に発射した。ブチルメルカプタンを主成分とする分泌液が野犬たちに降り掛かる。その強烈な臭《にお》いに耐《た》えかねて、野犬たちはすぐさまスカンク郎を口から放すと、キャインキャインと子犬のような鳴き声を上げながら逃げていった。

「スカンク郎くん！」

スカン子は地面に横たわっているスカンク郎に駆け寄った。スカンク郎の腹は血で真っ赤に染まっている。

「ごめんね、ごめんね。スカンク郎くん。本当にごめんなさい」

スカン子は分泌液の臭いが漂うその場所でとめどなく涙を流し続けた。すると急に柔《やわ》らかな光が降りてきて、真っ白な服を着た老人が二匹の前に現れた。あの神々《こうごう》しい姿はもしや……

「神様？」

「いかにもワシは神様じゃが、どうしたのじゃ、そんなに泣いて」

「スカンク郎くんが私のせいで野犬にやられてしまったんです」

「それはなんと可哀想《かわいそう》に。こうして会ったのも何かの縁《えん》。その傷、治してしんぜよう」

神様が持っていた杖《つえ》を一振りするとスカンク郎の体が光り始めた。まるで早戻しをするようにみるみる傷口が塞《ふさ》がっていく。

「そのうち目が覚めるじゃろう。しかしなんじゃ、この辺りは妙に臭いな。君たちも早く避難《ひなん》しなさい。こんなところにいては気分が悪くなってしまう」

鼻をつまんだ神様がどこかに消えてしばらくするとスカンク郎は目を覚ました。彼は自分の身に何が起こったのかわからなかったが、スカンク子から事情を聞いてそのまたとない奇跡を喜んだ。

「でもどうしたんだい、スカンク子ちゃん。なんか浮かない顔してない？」

「スカンク郎くん……私、スカンクを代表してちょっと叫《さけ》んでもいいかしら」

スカンク子は理解していないスカンク郎をそのままにして立ち上がると、そこら中の空気を取り入れるようにすぅぅっと息を吸い込んだ。

「お前がそういうふうに作ったんだろがぁぁぁぁ！」

衝撃波がスカンク郎の体にびりびりと伝わってくる。縮み上がったスカンク郎はその日からスカンク子のことを「スカン子さん」とさん付けで呼ぶようになった。

動物たち・その他……演劇部
演出……佐古鈴
脚本……小峰玲花

解説　正義と快楽を問う

村田沙耶香

正義と快楽について、考えることがある。小さい頃、テレビや漫画の中で戦うヒーローたちは皆を夢中にさせる格好良さで「悪」をやっつけた。「敵」が倒れたとき、子供たちは皆、スカッとした快感に包まれた。物心がついて「正義」というものと出会った時には、もう既に正義とは絶対正しいものであり、しかも気持ちが良いものだったのだ。

『ヒーロー！』は、あの単純で気持ちが良かった「正義」とは何だったのか、もう一度問いかけ直すような物語だ。演劇部で演出をやっている女子高生、佐古は、隣のクラスの英雄から不思議な計画を持ちかけられる。その計画の目的は「いじめをなくすこと」だ。休み時間ごとに、マスクを被った英雄がショーを披露し、皆の意識を集中させる。それを続ければ負の関心が特定の誰かに行くのを防ぐことができて、いじめはなくなる。画期的な解決策だという英雄を「相当な理想論」と冷めた目で見つつ、自分の演出の手腕を試すことに興味を示した佐古はその計画に乗ってみることにする。初日のショーは大成功をおさめ、佐古は強烈な快感を得る。

　ショーは校長先生まで巻き込んで学校公認で続けられることになるが、そのことで、演劇部で演出家と脚本家としてコンビを組んでいる佐古と玲花との間には亀裂が入ってしまう。玲花は佐古に対抗するかのように、二人のショーを真似たパフォーマンスを演出し、「お互い一日おきにやって勝負しようよ」と言う。「何かがおかしいとわかっていても止《や》められない」まま、佐古は玲花との勝負に熱中していく。英雄の友達の公平君は言う。「正しさは人から優しさや思いやりを奪うんだ」。

　大衆を動かす作戦を考え続ける佐古の思考を追っていると、まるで彼女が学校に通う生徒たちを被験者にして、心理学の臨床実験を行っているかのようだ。そして、その佐古自身も、正義の名目で大衆を動かす権力を手にしたとき人間はどうなるかという臨床実験の被験者なのではないかと、ぞっとさせられる。転校生の星乃あかりをショーに巻き込むことを提案し、それはいじめになると却下された佐古は思う。「黙って私の言うことを聞いていればいいのに」。

正義とは何か、そしてその言葉を後ろ盾にして「力」を得たとき、人間はどうなるのか。佐古が危うくなりそうなとき、周りの人々の言葉が何度も彼女に「問い」を与える。英雄は佐古に言う。「自分の中の正しさを疑わないのは危険だよ」「それは本当の正義じゃない」。

佐古が陥ってしまいそうな危うい「正義」は、私たちの日常に無数に転がっていて、私たちはその快感のそばで暮らしている。本当の正義とは何か、この物語は常に問いかけ続けている。自分自身に、世界に、きちんと問いかけることをやめないこと。それだけが正義の持っている快楽に対抗する唯一の手段なのだということを、真摯に、真っ直ぐに教えてくれる物語だ。

（「文藝」二〇一六年夏号　初出）

本書は二〇一六年三月、単行本として小社より刊行されました。
初出　「ヒーロー！」…『文藝』二〇一六年春号
「どうぶつ物語」…書き下ろし
JASRAC 出 1904232-901

ヒーロー!

二〇一九年 六 月一〇日 初版印刷
二〇一九年 六 月二〇日 初版発行

著　者　白岩玄《しらいわげん》
発行者　小野寺優
発行所　株式会社河出書房新社
〒一五一―〇〇五一
東京都渋谷区千駄ヶ谷二―三二―二
電話〇三―三四〇四―八六一一（編集）
〇三―三四〇四―一二〇一（営業）
http://www.kawade.co.jp/

ロゴ・表紙デザイン　粟津潔
本文フォーマット　佐々木暁
印刷・製本　中央精版印刷株式会社

Printed in Japan ISBN978-4-309-41688-5

野ブタ。をプロデュース

白岩玄　40927-6

舞台は教室。プロデューサーは俺。イジメられっ子は、人気者になれるのか?!　テレビドラマでも話題になった、あの学校青春小説を文庫化。六十八万部の大ベストセラーの第四十一回文藝賞受賞作。

空に唄う

白岩玄　41157-6

通夜の最中、新米の坊主の前に現れた、死んだはずの女子大生。自分の目にしか見えない彼女を放っておけない彼は、寺での同居を提案する。だがやがて、彼女に心惹かれて……若き僧侶の成長を描く感動作。

走ル

羽田圭介　41047-0

授業をさぼってなんとなく自転車で北へ走りはじめ、福島、山形、秋田、青森へ……友人や学校、つきあい始めた彼女にも伝えそびれたまま旅は続く。二十一世紀日本版『オン・ザ・ロード』と激賞された話題作！

不思議の国の男子

羽田圭介　41074-6

年上の彼女を追いかけて、おれは恋の穴に落っこちた……高一の遠藤と高三の彼女のゆがんだＳＳ関係の行方は？　恋もギターもＳＥＸも、ぜーんぶ“エアー”な男子の純愛を描く、各紙誌絶賛の青春小説！

復讐プランナー

あさのあつこ　41285-6

突然、いじめられる日々がはじまった。そんな時、「じゃあ、復讐計画を立ててみれば？」と誘う不思議な先輩が目の前に現れて――。あさのあつこが描く教室の悲劇。文庫版書き下ろし「星空の下に」を収録。

自殺サークル　完全版

園子温　41242-9

女子高生五十四人が新宿駅で集団飛び込み自殺！　自殺の連鎖が全国に広がるなか、やがて“自殺クラブ”の存在が浮上して……少女たちの革命を描く、世界的映画監督による傑作小説。吉高由里子さん推薦！

犬はいつも足元にいて

大森兄弟　41243-6

離婚した父親が残していった黒い犬。僕につきまとう同級生のサダ……やっかいな中学生活を送る僕は時折、犬と秘密の場所に行った。そこには悪臭を放つ得体の知れない肉が埋まっていて⁉　文藝賞受賞作。

平成マシンガンズ

三並夏　41250-4

逃げた母親、横暴な父親と愛人、そして戦場のような中学校……逃げ場のないあたしの夢には、死神が降臨する。そいつに「撃ってみろ」とマシンガンを渡されて⁉　史上最年少十五歳の文藝賞受賞作。

鳥の会議

山下澄人　41522-2

ぼくと神永、三上、長田はいつも一緒だ。ぼくがまさしにどつかれたら仕返しに向かい、学校での理不尽には暴力で反抗する毎日。ある晩、酔った親父の乱暴にカッとなった神永は包丁で刺してしまい……。

学校の青空

角田光代　41590-1

いじめ、うわさ、夏休みのお泊まり旅行…お決まりの日常から逃れるために、それぞれの少女たちが試みた、ささやかな反乱。生きることになれていない不器用なまでの切実さを直木賞作家が描く傑作青春小説集

カルテット！

鬼塚忠　41118-7

バイオリニストとして将来が有望視される中学生の開だが、その家族は崩壊寸前。そんな中、家族カルテットで演奏することになって……。家族、初恋、音楽を描いた、涙と感動の青春＆家族物語。映画化！

キシャツー

小路幸也　41302-0

うちらは、電車通学のことを、キシャツー、って言う。部活に通う夏休み、車窓から、海辺の真っ赤なテントにいる謎の男子を見つけて……微炭酸のようにじんわり染み渡る、それぞれの成長物語。

女子の国はいつも内戦

辛酸なめ子　41289-4

女子の世界は、今も昔も格差社会です……。幼稚園で早くも女同士の人間関係の大変さに気付き、その後女子校で多感な時期を過ごした著者が、この戦場で生き残るための処世術を大公開！

世界一やさしい精神科の本

斎藤環／山登敬之　41287-0

ひきこもり、発達障害、トラウマ、拒食症、うつ……心のケアの第一歩に、悩み相談の手引きに、そしてなにより、自分自身を知るために――。一家に一冊、はじめての「使える精神医学」。

学校では教えてくれないお金の話

金子哲雄　41247-4

独特のマネー理論とユニークなキャラクターで愛された流通ジャーナリスト・金子哲雄氏による「お金」に関する一冊。夢を叶えるためにも必要なお金の知識を、身近な例を取り上げながら分かりやすく説明。

自分はバカかもしれないと思ったときに読む本

竹内薫　41371-6

バカがいるのではない、バカはつくられるのだ！　人気サイエンス作家が、バカをこじらせないための秘訣を伝授。学生にも社会人にも効果テキメン！　カタいアタマをときほぐす、やわらか思考問題付き。

10代のうちに本当に読んでほしい「この一冊」

河出書房新社編集部〔編〕　41428-7

本好き三十人が「親も先生も薦めない本かもしれないけど、これだけは若いうちに読んでおくべき」と思う一冊を紹介。感動、恋愛、教養、ユーモア……様々な視点からの読書案内アンソロジー。

幸せを届けるボランティア　不幸を招くボランティア

田中優　41502-4

街頭募金、空缶拾いなどの身近な活動や災害ボランティアに海外援助……これってホントに役立ってる？　そこには小さな誤解やカン違いが潜んでいるかも。“いいこと”したその先に何があるのか考える一冊。